# 海に消えた
# 星の王子さま

ジャック・プラデル／リュック・ヴァンレル 著
神尾賢二 訳

*Saint-Exupéry,*
*L'ultime Secret*
*Enquête sur une disparition*

*Jacques Pradel*
*Luc Vanrell*

緑風出版

Saint-Exupéry,L'ultime Secret
Enquête sur une disparition
by Jacques PRADEL & Luc VANRELL

# 目次
海に消えた星の王子さま

# 序文

アラン・デコー

　少年時代、私はサンテグジュペリを人生の師のごとく仰いでいたものだ。第二次世界大戦の最中も、そして戦後になっても、十代の若者の大半にとって、彼はそのような存在だった。彼が亡くなった時、それはまるで親友を失くしたようなショックだった。私は、数え切れない愛読者の一人だった。

　地中海で消息不明になった彼の飛行機の捜索が始まったと報道された時、私はさもありなんと思っただけだ。正直に言えば、それも間もなく記憶の彼方に消えてしまっていた。ところが、リュック・ヴァンレルの探索に引き込まれたジャック・プラデルが書いたこの本を読んで、私は迂闊だった自分を思い知らされた。

　私は謎が大好きだ。解明されていない謎なら、なおのこと好きだ。今回、真相究明に確実に迫って行くダイナミックな一歩一歩に、私は目が眩む思いだった。

一九四四年七月三十一日月曜日の八時四十五分、アントワーヌ・ド・サンテグジュペリ飛行中隊司令官は、グルノーブルーアヌシー上空からの地図作製と写真撮影の任務を帯びて、ライトニングP―38F―5B２２３機に搭乗、コルシカ島バスティアのボルゴ飛行場から飛び立った。単独飛行である。帰還予定時刻は、十二時三十五分から十三時であった。しかし、連絡が途絶えたまま、十四時三十分、同機は任務中に消息を絶ったと発表された。

サンテグジュペリは、ドイツ軍戦闘機に撃墜されたのか？

エンジンまたは計器の故障による事故の犠牲となったのか？

それとも、自ら死を選んだのか？

P―38の残骸を発見するために、五十年近く執拗に調査が続けられてきた。彼の飛行機は、コルシカ島とフランス本土の間にある、アンジュ湾のどこかに沈んでいるものと長く考えられてきた。一九九八年、マルセーユの漁師が引き揚げた網に、陽光にきらめく、付着物がこびりついた奇妙な物が見つかった。それは、船主のジャン・クロード・ビアンコが、はからずも、消息不明になっていた偉人の持ち物だった鎖のブレスレットを発見した瞬間であった。

その後、プロダイバーのリュック・ヴァンレルが、マルセーユのカランク地帯にあるリウー島から数百メートル離れた海底深くに飛行機の残骸を発見し、これがサンテックスの搭乗機であ

ることが正式に確認された。原注

ジャック・プラデルとリュック・ヴァンレルが著した本書は──正真正銘の政治サスペンスである──情熱に燃えた数人の小さなグループが、あきらめることなく続けた捜索活動の全容であり、読者を引きずり込んで止まない。サンテグジュペリが最後の時間を過ごしたコルシカ島のバスティア地方から始まり、生存者パイロットの──ドイツ人とアメリカ人の──足跡を追い、身ぐるみ剥がれた飛行士の遺体が発掘された無人島の探検から、ドイツの公爵一族との出会いまで、調査は広がる。

はたせるかな、その結果はまさしく決定的なものとなった。サンテグジュペリは、事故にも故障にも遭遇したのではなかったのだ。不時着でもなければ、自殺でもない。彼は、祖国フランスのための最後の闘いに命を落としたのだ。彼を撃墜したドイツ軍パイロットは生きていた。彼が、本書ですべてを語っている。

アラン・デコー
アカデミー・フランセーズ会員

---

原注：機体は現在、ル・ブールジェ空港にある航空宇宙博物館に展示・保存されている。

5歳頃のアントワーヌ・ド・サンテグジュペリ。

1930年代の飛行士サンテグジュペリ。

1937年当時のサンテグジュペリ。

上：1930年代、モロッコ、ジュビ岬のサンテグジュペリ。
左：アエロポスタル社の北アフリカ路線広告ポスター。サンテグジュペリは1927年にアエロポスタルのパイロットになった。
下：着陸するサンテグジュペリ。画面手前の人物は、ルネ・ガヴォワル。

マルセーユ南部の航空写真。画面手前は、グードの漁港。奥にリウー島が見える。

漁から戻るロリゾン号の船上。奥の海上に、グラン・コングリュエ島、その右にリウー島が見える。柱に吊り下がっているのはトロール網の潜行板。左右対になっていて、一枚の重さが800キロもあり、軽量な飛行機の残骸を斧のように引き裂いてしまう。

ソルミウー・カランクとリウー島の間の海域で、ジャン・クロード・ビアンコのトロール船、ロリゾン号の網にかかった銀製のブレスレット。「アントワーヌ・ド・サンテグジュペリ（コンスエロ）c/o　レイナル・アンド・ヒッチコック　INC-386　四番街　ニューヨーク　U.S.A.」と判読できる。

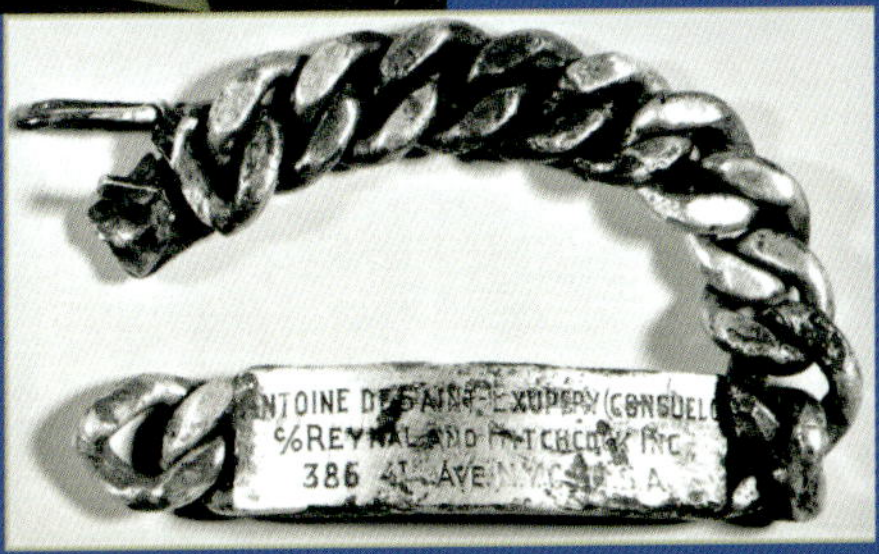

上:ダイバーが手にしている、改良型ライトニング機の一部が、残骸をF-5B42-68223と特定させる証拠となった。
下:この車輪の脚部はライトニングの最新モデルに特徴的なもので、残骸の型式の確認から最終的な特定につながった。アントワーヌ・ド・サンテグジュペリが乗っていた改良型のライトニングは一機しかなく、これがマルセーユ—ツーロン間で消息不明になったのであった。

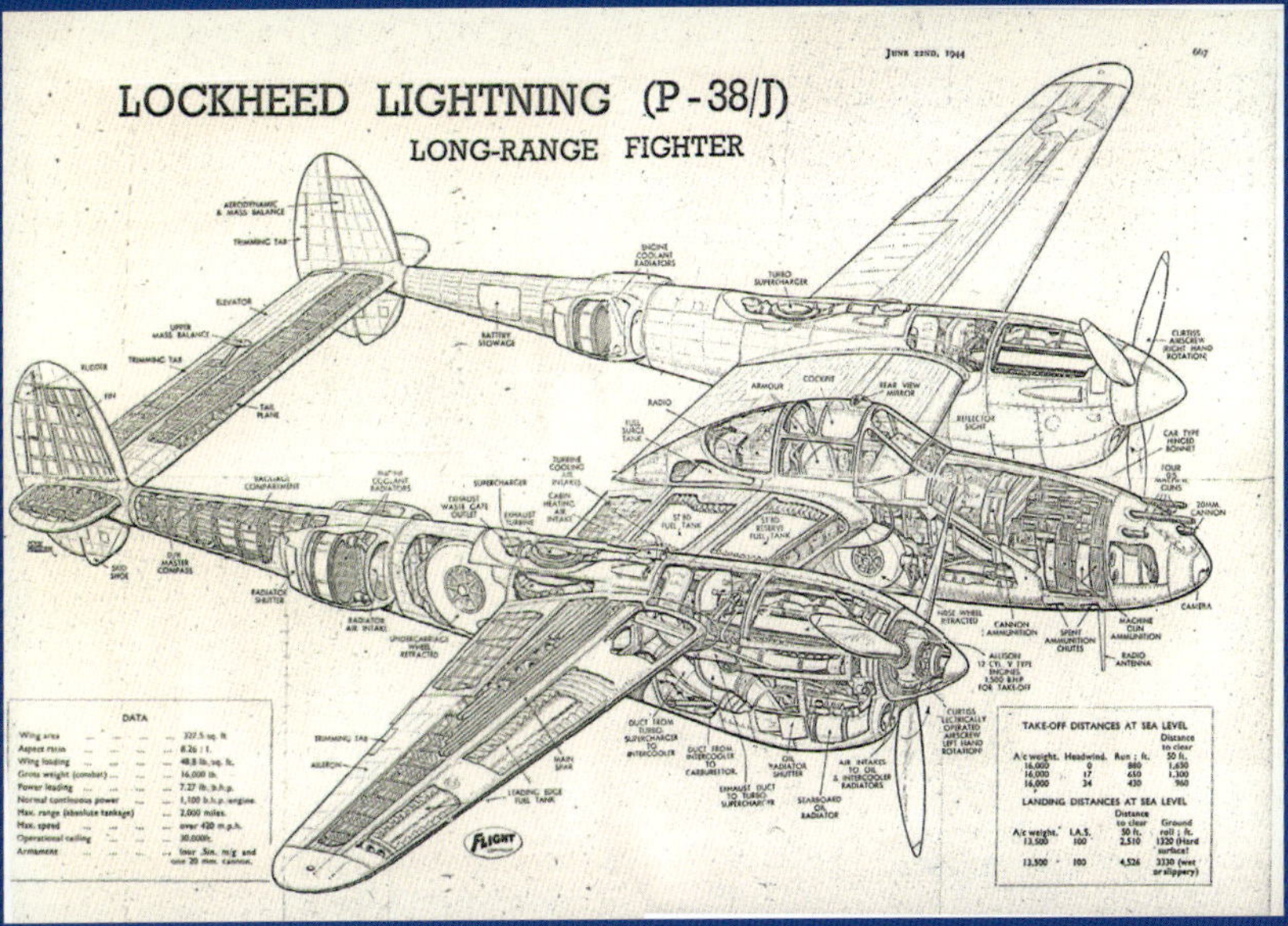


このP-38Jの透視図はジャック・T・カーティス（元第367戦闘機部隊パイロット）と友人のジル・セファラット（ロッキード社社員）が送ってきた。リュック・ヴァンレルは1998年から2000年にかけて、片時もこれを離さなかった。陸上でも海中でも、必携であった。

アントワーヌ・ド・サンテグジュペリ司令官が搭乗し、1994年7月31日に行方を絶ったライトニングF-5B、シリアルナンバー 42-68223大型偵察機。

アレクシス・ベントハイム・シュタインフルト大公が搭乗し、1943年12月2日の空中戦で行方不明になった、メッサーシュミットBf109F-2、F－4改良型（シリアルナンバー 8085）、別名「赤12番」。この機体の残骸は、アントワーヌ・ド・サンテグジュペリが操縦していたF-5Bの残骸が発見されたのと同じ場所に眠っていた。

航空下士官、ホルスト・リッパート。

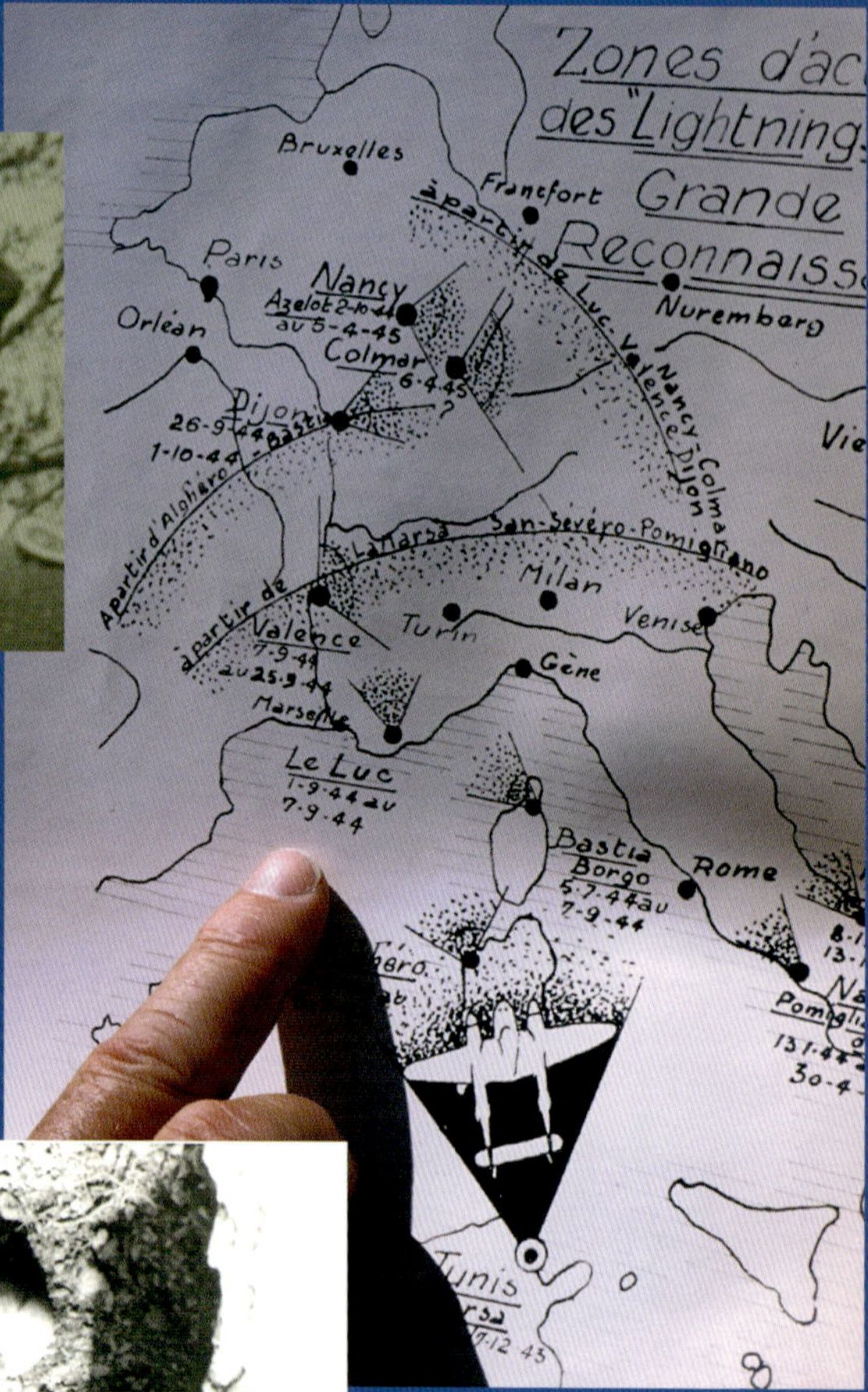


大型偵察機ライトニングの行動半径図。

この簡略な埋葬は、アルベール博士が1965年にリウー島で発見した。遺体の年齢は20歳から25歳、身長は177センチで著しい顎骨突起が認められ、死因と思われる大きな外傷があった。形態上の特徴から、この海域で消息を絶ったドイツ軍パイロットのアレクシス・ベントハイム・シュタインフュルト大公ではないかと思われた。この遺骨は現在ではほぼ全部が紛失している。それでも、特定作業が進められており、行方を絶った問題の二人のパイロット（サンテグジュペリとアレックス）のどちらかであると最終的に特定される可能性はあまり高くない。

ホルスト・リッパートはメッサーシュミット戦闘機BF109のパイロットで、一九四四年七月にはJGr200に配属され、七月三十一日にライトニング機を一機、ツーロン・マルセーユ間の海上で撃墜した。

リウーで発見されたメッサーシュミットBf109からはずされたDB601エンジンが調査のために引き揚げられた。

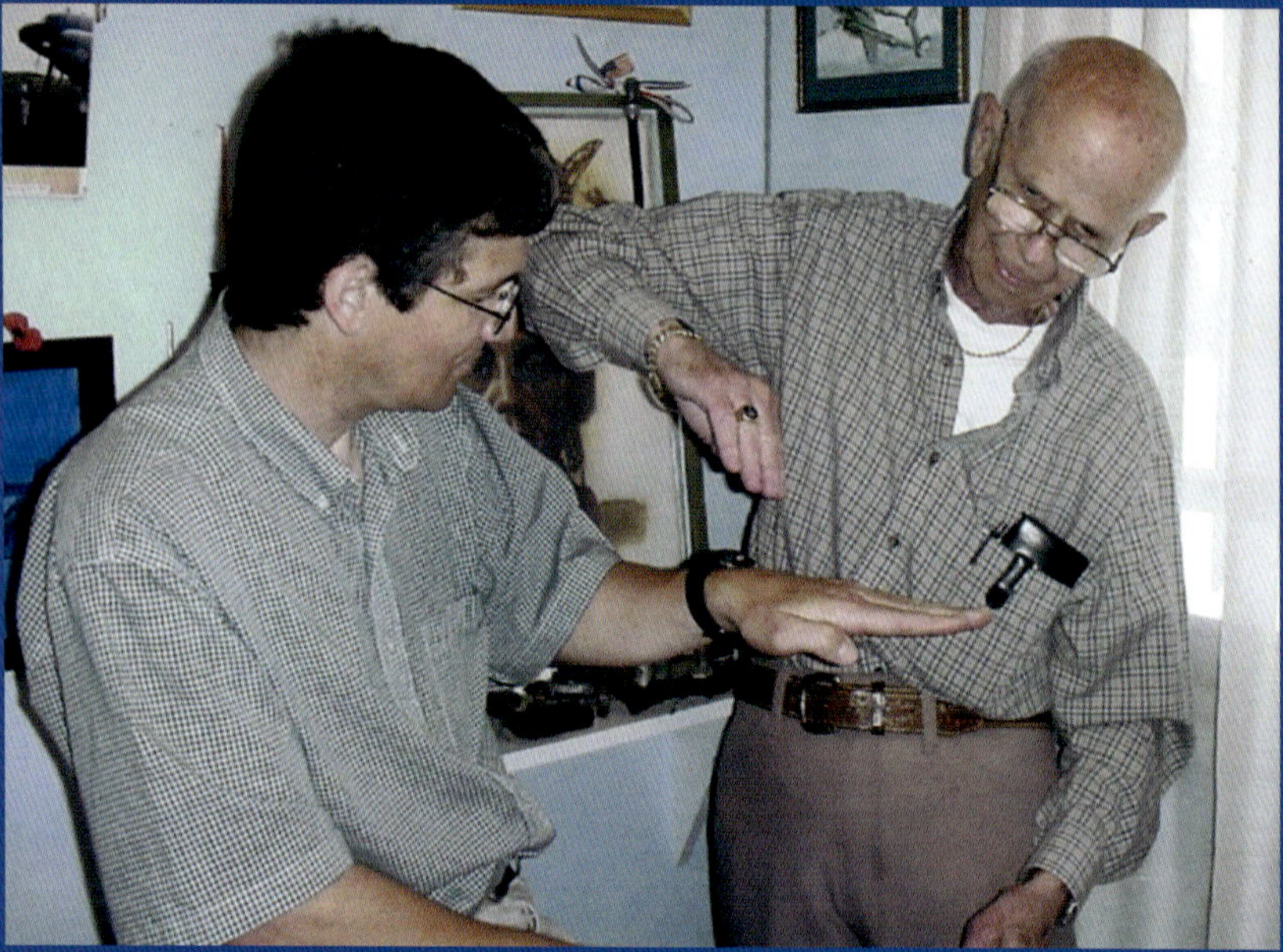

上：フィリップ・カステヤーノに、敵戦闘機に対する攻撃方法を解説する、第二次世界大戦の元パイロット、ジャック・T・カーティス（第367戦闘機部隊）。
下左：当初は事実の公表を断固拒否していたホルスト・リッパートは、最終的にわれわれ宛にこの文書をしたためることを受諾し、文書はただちに彼の公証人の管理におかれた。（内容は付録３を参照）
下右：リュック・ヴァンレル。調査活動では記録の検証に最も長い時間が費やされた。

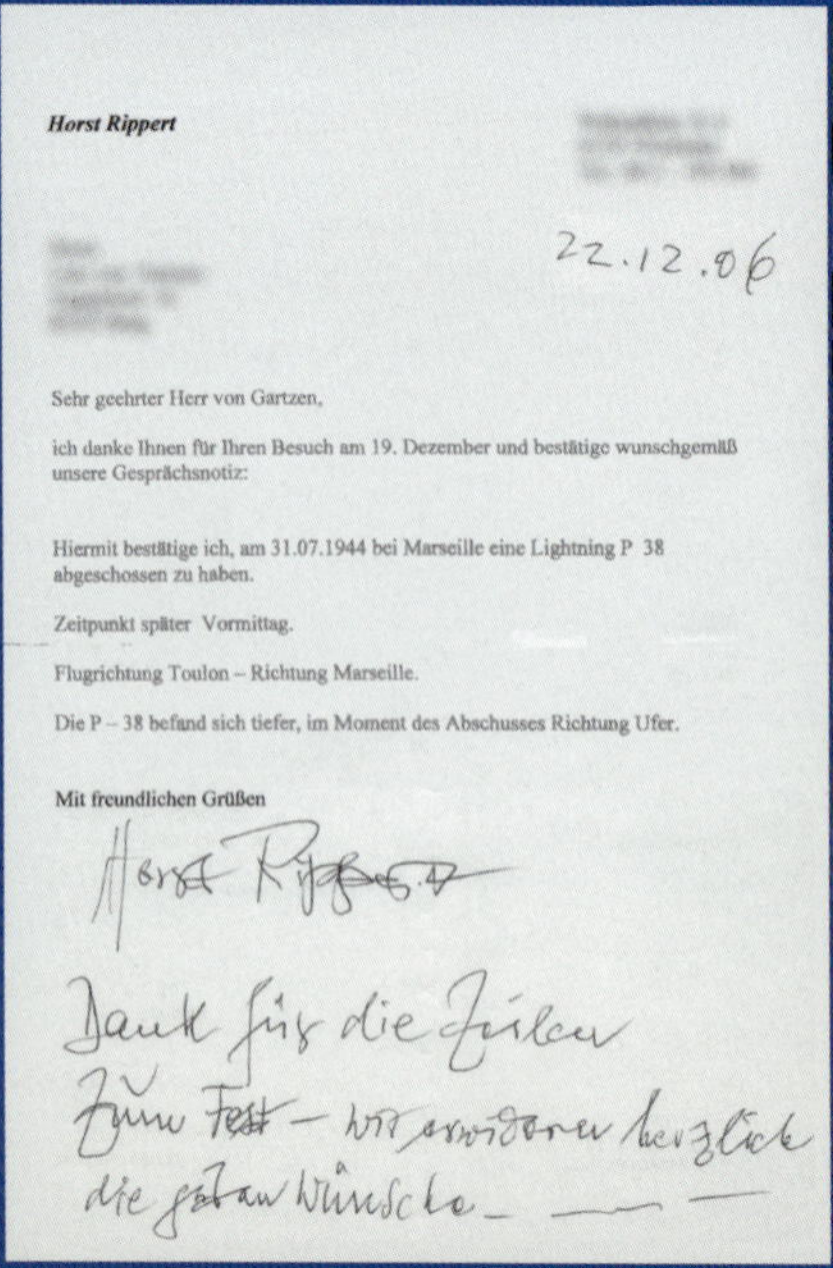

*Horst Rippert*

22.12.06

Sehr geehrter Herr von Gartzen,

ich danke Ihnen für Ihren Besuch am 19. Dezember und bestätige wunschgemäß unsere Gesprächsnotiz:

Hiermit bestätige ich, am 31.07.1944 bei Marseille eine Lightning P 38 abgeschossen zu haben.

Zeitpunkt später Vormittag.

Flugrichtung Toulon – Richtung Marseille.

Die P – 38 befand sich tiefer, im Moment des Abschusses Richtung Ufer.

Mit freundlichen Grüßen

Horst Rippert

Dank für die Zeilen zum Fest – wir erwidern herzlich die guten Wünsche

# 第1章

「真実は、知ってしまうよりも、追いかけている時の方が楽しい」

アントワーヌ・ド・サンテグジュペリは、叡智に満ちた微笑をたたえながらこう言っていた……。彼はまた、こうも言っていた。

「いいかい、人生に答など無いのさ。あるのは、前進する力だ。それを創り出すのだ。答はおのずとついて来る……」

この巨人の影を追いかけて、私たちが経験した冒険を振り返る時、いつもこの言葉が私の心によみがえる。

すべては、二〇〇四年春のある朝に始まった。正確には、四月七日である。ドラスム（DRASSM・水中・海中考古学研究所）[訳注]が、リウー島の東で引き揚げられたライトニングP―38機の機体の一部がサンテグジュペリの搭乗機のものであることが特定された、と発表した。コメントは短いが、これは大変なビッグニュースだった。第二次世界大戦で、連合軍の最年長パイロットが消息不明になった場所を特定するための長年にわたる試みの果てについに起きた、画期的な出来事だった。

その翌日、すぐに私はラジオ局ユーロップ1の自分の朝番組[原注1]に、プロダイバーで、海底・僻地探査が専門のインマドラス（IMMADRAS）社社長のリュック・ヴァンレルに出演してもらった。彼がこれを発見した主人公である。だが意外にも、発見自体はそれほど最近のことではなかったのだ。実際には、四年前にさかのぼる二〇〇〇年の五月に発見していたのだが、リュック・ヴァンレルは公表を差し控えていたのだ。その理由は、最初は彼自身どうすべきか判断できなかったこと、そして、事の重大さが呑み込めた段階になって、慎重を期したからでもあった……。彼は、事実に確信が持てるようになって初めて関係当局に報告した。引き揚げ作業は、二〇〇三年に実施された。リュック・ヴァンレルは、深さ四〇メートルから八七メートルの海底に沈む残骸の各種の破片が、サンテグジュペリが操縦していた機体の付属物である、と特定した。これは、回収した証拠物件に依拠する、すべては個人的な判断であった。しかし、その数カ月後、ドラスムの発表がそれを支持するところとなり、奇跡は事実に変わった……。

この朝の番組で、私は彼に、どのような状況で残骸を発見したのか、そして、なぜ分析調査が実施される三年も前に、サンテグジュペリの搭乗機を発見したと確信したのかについて語ってもらった。もう一人のゲストは、ジャン・クロード・ビアンコだった。元マルセーユの網元で、一九九八年に彼のトロール船、ロリゾン号の網で、作家の名前が刻印されていた、かの有名な銀製のブレスレットを引き揚げた当人である。この話は当時、新聞紙上を賑わしたので人々の記憶に新しかった。

同時に私は、マルセーユのコメックス（Comex）[原注2]社社長、アンリ・ジェルマン・ドゥローズと、この事業で重要な役割を果たした海底作業の大企業、ジェオセアン社（Géocéan）社長のピエール・ベッケールにも電話出演してもらった。ドゥローズは自社のエース船、ミニベックス号（Minibex）を駆って残骸の一番大きい破片を引き揚げた。その分析のためにベッケールが、引き揚げた破片を保管し、分類整理した。最後のゲストは、フィリップ・カステヤーノ。技術調査船や考古学調査船の観測位置を設定するアエロ・ルリック（Aéro-Re.L.I.C.）[原注3]社の社長である。

番組が終了した時、別れ際にリュック・ヴァンレルがそっと私に耳打ちした。以前、リウー

---

DRASSM（水中・海中考古学研究所）：一九六六年に時の文化省アンドレ・マルローが設立した調査研究機関。国の遺跡、文化遺産を発掘調査する目的で、フランス沿岸と内陸部の湖沼河川の全域を対象とし、プロ、アマチュアを問わず、その発見、調査等に援助協力、承認等を与える。
原注１：毎朝九時から十時半まで放送されているラジオマガジン。
原注２：Comex・Companie maritime d'expertises の略称。
原注３：Aéro-Re.L.I.C・Recherche, Localisation et Identification de Crashes の略称。

島の周辺を潜っていた時、これこそ本物のスクープになりそうな物を発見した、と言うのだ。彼のこの一言で私は、――まさにこう言うのがふさわしいが――わがジャーナリスト人生最高の魅惑的な仕事に埋没して行くことになった……。

彼の話はこうだった。二〇〇三年、彼は、検証と最終的特定のため、残骸の破片が初めて海面に引き揚げられたその日、最も重大な意味がある機体の破片に「パラシュート」[原注4]を装着するため、再び沈没現場の海底に潜った。そこで、プロダイバーでなければわからないような、些細な事実に気がついた。彼はこれを誰にも話さなかった。翌日、真相をつかむために、ふたたび一人で現場に潜った。そして彼が発見したものはまさしく、サンテグジュペリの行方不明の謎を解明する鍵となった。私は、リュック・ヴァンレルの話を、最大限の秘密を守ると約束して録音し、以後ずっとそれを大切に秘匿していた。この最大の発見によって、ヴァンレルを中心に国際的なスペシャリストの小グループが結成され、調査を進めることになる。調査には三年を要した。だが、ついに、偉大なパイロットの失踪に至った一九四四年七月三十一日の出来事の経緯が明らかになったのである。

第二次世界大戦が終わって以来、フランス南東部、アルプス山中、ヴェルドン渓谷、そして特にアンジュ湾、ニース沖、サン・ラファエルの地中海沿岸地域で、彼の飛行機の捜索が行なわれてきた。

この最後の三つの地域とシオタ地区の海底では、飛行機の残骸が幾度となく発見され、その都度、これこそが最後の任務を帯びてコルシカ島のバスティアーボルゴ飛行場を飛び立ったサンテグジュペリの搭乗機、ライトニングF—5B223号機だと言われては、マスコミの大きな話題になった。だが、どれも機種が異なるという証拠が出ては結局、毎回「ハズレ！」なのだった。関係者は、「問題の残骸」が、より旧式の機種であるとか、米軍の資料に事故機の墜落時の状況や搭乗パイロットの氏名、事故の日時などまでがすでに記録されている事実を認めるしかなかった。

だが、この冒険のめくるめくような結末に話を進める前に、ここで時計を巻き戻そう。サンテグジュペリが生きていた頃まで。

---

原注4：パラシュート、強靭なロープで残骸にくくりつけた「パラシュート」と呼ぶ一種の風船に空気を入れて海底にある大きい重量の物体を引き揚げる技術。

# 第2章

『星の王子さま』の作者の伝記を長々と語るのが本書の目的ではないが、作者の人物像を理解し、また話の舞台である戦争の時代へとできるだけすみやかに到達するために、年代的目安となる事実関係をいくつか記しておきたい。

アントワーヌ・ド・サンテグジュペリは、一九九〇年六月二十九日の日曜日、リヨンで生まれた。彼は、リムザン地方の旧くからの貴族の末裔、ジャン・マリー・ド・サンテグジュペリ伯爵とマリー・ボワイエ・ド・フォンスコロンブ夫人の長男として生まれ、マリー・マドレーヌ（一八九八年生）とシモーヌ（一八九九年生）の二人の姉がいた。彼の下に、弟のフランソワ（一九〇二年生）と妹のガブリエル（一九〇四年生）が生まれた。アントワーヌが四歳になる前に、父が脳溢血で死ぬ。母のマリー・ド・サンテグジュペリは移転を余儀なくされる。母方の大叔母のガブリエル・ド・トリコーが、エン地方のアンベリユー近郊にあるサン・モーリス・ド・レマンの城に一家を迎え入れてくれた。かくしてアントワーヌは、サン・モーリスと、フォンスコロンブにある祖母のお城、モール城との間を行き来して幼年時代を送った。

一九〇九年、舞台は移る。一家は父の実家があったル・マンに移転した。アントワーヌはイエズス会系のノートルダム・ド・サント・クロワ高等中学校に入学したが、素行不良で、校則は守らず、夢見がちな、詩ばかり書いている生徒だった。一九一〇年、マリー・ド・サンテグジュペリは亡夫の実家との折り合いが悪くなり、アントワーヌとフランソワの世話を叔母のアナイスとマルグリットに託して、サン・モーリス・ド・レマンに戻って行った。

サント・クロワ校の規律は厳しく、アントワーヌは指先をインクで汚したり、ぼうっとしていたり、空を見上げたり――早くも！――授業についていけなかったり、机の中が乱雑だったりしては、いつも懲罰を受けていた。母への手紙の中で、彼はこの辛かった頃のことを綴っている。

「学校で叱られてきたぼくが、大きなランドセルを背負って、べそをかきながら帰って来たのを憶えていますか？　ル・マンでのことです。そしてあなたは、ただぼくを抱きしめては、すべてを忘れさせてくれました。あなたは、ぼくに舎監や生徒監の神父に立ち向かわせてくれる全能の味方でした」

アントワーヌの母の寡婦生活は苦しかった。彼女は、正直であること、他人への尊敬、社会的差別をしない、という彼女の最善の資質であるヒューマニズムを彼に付与しながら、肌触れ合うようにして息子との特別な絆を結んだ。後年、彼は言っている。私の人生で最も美しい時は、彼女のそばで生きた時かもしれない、と。彼は、サント・クロワでの寮生活が少しも好きになれなかった。同級生たちからトワトワンと呼ばれ、それが縮まってタタンになった。彼がリーダーになってみんなで学級新聞を作ったが、これも神父に禁止された。

一九一二年夏、アンベリユーでのヴァカンス！

サン・モーリス・ド・レマンのすぐ近くに飛行場があった。アントワーヌは自転車に乗って毎日そこに通った。何時間も飛行機をながめては夢見て過ごした。そして、エンジンの機能について整備士を質問攻めにした。七月が終わる。生まれて初めて空の洗礼を受けた消し難い記憶を、彼は一編の詩に刻んだ。

「……夜風に　翼がふるえ
エンジンの唄に　魂は眠りつく
淡い陽光が　頬にふれ……」

彼がバイオリンを習い始めたのもこの年である。

一九一四年夏、戦争。父方の叔父が八月早々に戦死。一九一五年の新学期、アンベリユーに看護施設を建てたばかりのマリーは、息子たちを戦火から守りたい一心で、スイス、フリブールにあるヴィラ・サン・ジャンのマリア司祭会修道院の付属学校に登録する。パリのスタニスラス高等中学校と密接な関係にあるこの高等中学校は、生徒の創造性を発揮させる現代的教育カリキュラムを開発していた。

一九一七年、アントワーヌはバカロレア（大学入学資格試験）に合格するが、夏に入ってこの喜びを消し去るような悲劇が起こる。仲の良かった弟のフランソワが、関節の痛みに苦しみながら亡くなったのだ。この時、アントワーヌの人生は、どすんと崩れた。一瞬にして、彼は子供から大人へと変貌する。十年後、結核が姉のマリー・マドレーヌの命を奪った。

バカロレア証明書を懐に、飛行士になる夢を抱きつつも、青年は母を助けるために海軍入隊の道を選ぶ。だが、海軍兵学校の受験は二度とも失敗。まさかの不合格に悲観した彼はボザール（パリの国立美術学校）建築科に聴講生として登録する。しかし、これはおそらく一時的なものにすぎなかったろう。あまり彼の記憶にない。一九二一年四月二日、徴兵通知を受け取り、ストラスブール近郊、ノイホフの第二飛行大隊に配属された。金銭的余裕はなかったが、軍と敷地を共有していた民間航空会社で操縦技術を習得する。ある日、彼は操縦桿を握り、兵舎の上空でアクロバット宙返りをやってみせた。即刻処罰。八日間の謹慎。だが、軍上層部は寛大なところを見せ、飛行訓練は続けさせてくれた。

アルザスを離れ、一九二一年の終わりにモロッコの第三十七飛行大隊配属になり、ここで軍の飛行士免許を取得する。補習養成を経てフランスに戻ると、一九二二年にル・ブールジェ所属第三十四大隊予備役少尉に任官した。

一九二三年、海軍兵学校受験準備中の一九一八年に出会った魅力的な女性、ルイーズ・ド・ヴィルモレンとの婚約を発表。一九二三年、ル・ブールジェで、機械の故障が原因で大事故に遭い重傷を負う。意識不明で事故機から救出された彼は、頭蓋骨の随所を骨折していた。しかも、この飛行機に――アンリオHD―14機[訳注]――搭乗許可を取らずに乗っていたことから、二週間の任務停止を言い渡された。

任務復帰したサンテグジュペリに、空軍配属の話が来るが、婚約者の家族が反対した。勤め人の道に進路を変更、ソシエテ・ジェネラル銀行系列のタイル会社の生産管理部門に就職。平凡な人生……。九月、ルイーズ・ド・ヴィルモレンから婚約を解消される……。十月、アントワーヌの妹、ガブリエルがピエール・ジロー・ダゲーと結婚。この名は記憶にとめておく必要がある。この物語に再び登場するからである。ダゲー家の子供と孫が、現在、サンテックス（フランス人はサンテグジュペリをこう呼ぶ）の遺産相続人である……。

一九二四年、アントワーヌはザウラー製[訳注]トラックのアリエ、クルーズ地方担当販売責任者をしていた。できる限り頻繁に空を飛び、小説を書いては自分を慰めていた。一九二六年、中編小説『飛行士』を、友人たちに手伝ってもらい出版。同年、営業輸送飛行士の免許を取得。シュドゥール神父（海軍兵学校受験準備期に通っていたボッシュエ校の先生の一人）の世話で、一九二六年十月十四日、ラテコエール航空[訳注]の重役、ベッポ・ド・マッシミ侯爵に請われて入社。通例として製造部門で研修を受けた後、ラテコエール社の路線開発部長、ディディエ・ドーラに、ブレゲー14機[訳注]によるツールーズ―カサブランカ、次いでカサブランカ―ダカール路線を任せられる。

一九二七年、サンテグジュペリはモロッコのジュビ岬[訳注]中継基地の飛行場長となり、同社とム

---

アンリオＨＤ―14機：一九二〇年代にフランスで大量に生産された軍用練習機。複葉機で操縦席は縦型に二人乗りで教官が後部に乗る。戦前、日本の三菱重工がライセンスを取得し、同型機を一四五台生産した。

ザウラー：第一次世界大戦、第二次世界大戦を通じてヨーロッパで活躍したスイスのバス、トラックメーカー。ベルナ・ブランドと共に、オーストリア、ドイツ、フランス、イギリス、アメリカ等に進出していた。一九八三年にＮＡＷと改称、ダイムラーベンツに吸収合併され、その名も二〇〇三年に消滅した。

ラテコエール航空：航空機製造会社ピエール・ラテコエールの運航部門。一九一九年にツールーズとバルセロナ間就航後、ブレゲー14やサルムソン２Ａ２練習機などでカサブランカ、タンジール、アルジェリアなどに路線拡張、通称「ラ・リーニュ」と呼ばれた。サンテグジュペリが乗った北アフリカ路線はムーア人地域上空を飛ぶ必要があり、気象も悪かったが、パイロットには冒険と金が同時に得られる魅力的仕事だった。同社が目指した南米路線の開設は、買収により新会社のアエロポスタルが実現した。

ブレゲー14機：フランスの航空機設計者、ルイ・ブレゲーが第一次世界大戦時に製作した偵察機。ブレゲーは一九一九年に航空会社Compagnie Des Messageries Avienneを設立、これが後にエール・フランスになった。

ーア人部族、またスペイン人との関係改善の役割も担った。彼は、修道僧の共同体と出会い、そこに焼けつく砂漠の孤独を見る。

「風と砂と星。修道僧の厳しい生活。だが、この見放された広大な広がりの上で、思い出の他には何も持たない六、七人の男たちが、目には見えない豊かさを分かち合っている」

彼は、一年半に渡って職務を全うし、故障で不時着した飛行士たちの救援にも出動した。このアフリカでの冒険の体験は、処女作『南方郵便機』に描かれている。彼が、素晴らしき空の仲間、ジャン・メルモーズ[訳注]とアンリ・ギヨメ[訳注]に出会ったのはこの時期である。

一九二九年十月、アエロポスタル社のパタゴニア路線開発に寄与すべく南米に赴いた彼は、またこの二人と一緒になった。アルゼンチン・アエロポスタルの主任パイロットを拝命し、『南方郵便機』を書いた。

一九三一年、パリに戻り、前年に南米で知り合ったエル・サルバドール人の作家で芸術家のコンスエロ・スンシン・サンドバル（一九七九年に他界）と、まずニースの市役所で、それからアゲーの教会で結婚式を挙げた。彼は二作目の小説『夜間飛行』を出版、十二月にフェミナ賞を受賞する……。

一九三二年に入ると、政治的策謀と金融詐欺にはめられたアエロポスタル社が破産手続きを申請する事態となり、執筆活動と記者稼業に没頭していたアントワーヌのパリ生活が窮地に陥る。

一九三三年、どうにかラテコエール社のテスト・パイロットの口を見つける。だがある日、ラテ

29―3水上飛行機のテスト飛行中に翼が外れ、海中に沈んでしまった。また、アンコールワット上空に向かった遊覧飛行では、メコン川河口で不時着を余儀なくされる。危うく溺死するところだった。

一九三五年。講演旅行で地中海一帯を飛び回る。カサブランカ、アルジェ、チュニス、トリ

ジュビ岬（Cape Juby）：モロッコの南端、西サハラとの国境にある岬。正面沖はカナリアス諸島。十九世紀後半にイギリスがポート・ビクトリアと命名し、北西アフリカ会社を設立したが、一八九五年にモロッコ王に売却した。一九一六年にスペインのベンスが占領し、ビリャ・ベンスと名前が変わった。一九五六年のモロッコ独立で紛争があったが、一九五八年にモロッコに返還された。

ジャン・メルモーズ：空軍からラテコエール社に入り、ツールーズ―ダカール路線を飛んだ。一九三〇年、フランス・南米間の無着陸郵便飛行に成功。ファシズム台頭とともに、極右政治団体の「火の十字団」に参加、副団長となり、ナチス党員とも親しくなった。『人間の土地』に彼のことが書かれている。一九三六年十二月に大西洋上で遭難、サンテグジュペリは新聞に追悼文を書いた。

アンリ・ギヨメ：空軍からラテコエール社に入り、サンテグジュペリやメルモーズとともにツールーズ―ダカール線を飛んだ。ついで南米に赴任し、アンデス山脈を越えてリオ・デ・ジャネイロとチリのサンチャゴを結ぶ路線を多くの困難を克服して開拓した。アンデス山脈で遭難、その救出にいたる物語が『人間の土地』に描かれている。その後ギヨメは、北大西洋横断航空路を任され、一九三八年に商業航空機による初の渡洋に成功した。一九四〇年、シリアに赴く途中、地中海上空でイタリア軍戦闘機に撃墜された。

ポリ、ベンガジ、カイロ、アレキサンドリア、ダマスカス、ベイルート、イスタンブール、アテネ……。『パリ・ソワール』紙の特派員として、インドシナとモスクワに旅行。十二月には、パリーサイゴン間の長距離飛行。これは悪夢の飛行だった！　十二月二十九日の二十三時にベンガジ出発。四時間後、彼のコードロン・シムーン機《訳注》は、時速二六〇キロでリビア砂漠に激突した。砂漠に一人取り残される。一九三六年一月、パリに戻って小説『**Atterrissage forcé dans le desért**（砂漠の不時着）』を出版する。

一九三六年八月、内乱のスペインに旅立つ。レリダ前線の従軍記を書く……。一九三七年、ドイツに旅行。一九三八年、ニューヨークーフエゴ島間の飛行に挑戦。グアテマラでまたも事故。予備燃料の過重積載が原因で、搭乗機が滑走路の先端で機体を破損。サンテグジュペリは重傷を負い、五日間意識不明の世界を彷徨《さまよ》った。

彼は、こうした経験のすべてを思い出と感動の貴重な総体に蓄積し、人間の条件について考察する糧とした。それが、一九三九年に発表した『人間の土地』に結実している。見事な文章で綴られたこの小説は、アカデミー・フランセーズ小説大賞の栄冠に輝いた。そこに、有名な一節がある。

「私がやった事は、誓って言う、どんな生き物もやらなかった事だ」

**レジオンドヌール勲章**《訳注》の受勲者（彼は一九三〇年にシュヴァリエ勲章を受けている）でもあるサンテグジュペリは、英語版タイトルを『**Wind, Sand and Stars**（風と砂と星）』とした小説、『人間の土地』がアメリカで大ヒットし、世界的名声を獲得する。

九月三日、フランスはドイツと開戦。サンテグジュペリは空軍大尉としてツールーズ─モントードラン基地に配属される。彼は実戦参加を希望したが、軍の医師団は彼の年齢と負傷を理由に戦闘不適格と宣告する。ダヴェ将軍が証言する。

「サンテグジュペリは私が司令官をしていた爆撃司令本部に訪ねてきた……彼は落胆していた。医者たちが、この飛行歴数千時間を誇る空の達人に問診し、触りまくり、奇怪な部屋に閉じ込め

コードロン・シムーン機：一九三〇年代にフランス・コードロン社で製造され旅客輸送や郵便輸送に使われた軽飛行機。サンテクジュペリは、脚本を書いた映画『アンヌ・マリー』が当たり、そのギャラをつぎ込んで最新のシムーン型機を購入、この飛行機で各地を講演して回った（一説には、愛人関係にあった貴族夫人ネリー・ド・ヴォゲーが買ったとされる）。一九三五年に一五万フランの賞金がかかったパリ─サイゴン間の懸賞飛行に挑戦したが、夜リビア砂漠に不時着して三日後に隊商に救われた。この体験をもとに『星の王子さま』を執筆した。シムーンは「サハラ砂漠に吹く熱風」のこと。
レジオンドヌール勲章：ナポレオンが制定したフランスの最高勲章。ロルドル・ナシオナル・ド・ラ・レジオン・ドヌール（軍の名誉国家勲章）。レジオンドヌールの等級は、高位から「グラン・クロワ（大十字）」、「グラン・トフィシエ（大将校）」、「コマンドゥール（司令官）」、「オフィシエ（将校）」、「シュヴァリエ（騎士、勲爵士）」の五つ。さらにこの上に、グラン・クロワ受勲者の中でも限られた人間に与えられる頸飾がある。フランス人の場合はシュヴァリエから順番に階級が上がるが、外国人の場合はいきなり上位章を受けることもある。

て、逆さまにしたり転がしたりした挙句、飛行不適格と宣告したのだ。実は私にも不安なものがあったが、それは見せないで彼を慰めた……」

ダヴェは、上層部に内申した。

「名飛行士の弁護は本当に骨が折れた……飛行で大切な事は、肉体的な心臓ではなく、毛の生えた心臓で、飛行士にアルペン猟兵[訳注]の機関砲を期待するのは、はなはだ常識を欠いている、とパリの司令部に再三食い下がった。炎と呼ばれた男、ギヌメ[訳注]、驚異的短時間で世界一周した隻眼のウィリー・ポスト[訳注]、パリやベルリンやロンドンの権威ある医者たちから、胸囲を身長で割った数値にある定数を掛けた値が不十分だから『エッフェル塔にさえ』昇るのを禁止されていたのに、世界で初めて成層圏まで上ったピカール教授[訳注]を例に挙げた」

「結果、まるでモリエール喜劇の登場人物のように官僚的な体質の医学界を尻目に、サンテグジュペリは飛べることになった。彼は、あれこれの規則にわずらわされるつまらない事務的な仕事にはさっさとおさらばして、『前線』に飛び出したかった。幸いにも彼は、パリの空軍司令部にまで鳴り響いていた路線パイロットとしての高い評価もあって、全員とは言わないまでも、他の飛行士たちと同じ道を行くチャンスをもらった。彼は、戦い前夜に集う昔日の若き騎士たちのように、栄えある飛行隊に乗り込んで行った……」

サンテックスは、一九三九年十一月三日に偵察大隊II—三三所属の飛行中隊に入隊した。一九一四年十二月にアルフレッド・ボルダージュ大尉が創設し、「A・ボルダージュの斧！」の襟

アルペン猟兵：フランス陸軍山岳兵部隊。イタリアのアルプス山脈を越えての侵入に対応するため一九世紀末に創設された。三個大隊で組織され、アルプス山脈の都市を基地に、登山、スキー、登山ガイド、雪洞の築造、氷点下での睡眠などサバイバル技術を訓練されている。アサルトライフル、軽機関銃、狙撃銃、大型狙撃銃、重機関銃、迫撃砲、機関砲装備車両、対戦車ミサイルを装備。

ギヌメ：第一次大戦当時のフランス空軍大尉で飛行士のジョルジュ・ギヌメ。「コウノトリ中隊」を率いて一九一四年から一九一七年まで連戦連勝した空の英雄。レジオンドヌールのクロワ・トフィシエを受勲。命を恐れぬ勇敢さで知られた。一九一七年九月十一日にベルギー戦線で撃墜され、ドイツ軍の集中砲火を浴び遺体は散逸し、回収できなかった。記念碑がサロン・ド・プロバンスの空軍兵学校内に建立されている。

ウィリー・ポスト：アメリカの飛行家（一八九八～一九三五）。一九三〇年代に世界一周飛行で有名になった隻眼のパイロット。計器飛行装置の初めての長距離飛行への応用、世界初の与圧服の着用など航空技術の先駆者。一九三三年七月十五日から七月二十二日にかけて、七日間十九時間の単独世界一周飛行記録を樹立した。一九三五年アラスカで事故死。オクラホマ州のワイリー・ポスト空港に名前が記念されている。

ピカール教授：オーギュスト・ピカール（一八八四～一九六二）、スイスの物理学者、気象学者、冒険家。一九三一年、宇宙線やオゾンを観測するため、自らが設計した水素気球でドイツ、アウグスブルグ上空一万六〇〇〇メートルの成層圏に世界で初めて気球で到達した。計二十七回の浮上で最高記録は二万三〇〇〇メートルであった。一九三〇年代からは深海への到達を目指し、一九四八年に気球の原理を応用して電気推進式の深海観測船バチスカーフを発明、一九五四年に四〇〇〇メートルの深海に到達した。一九六二年、スイス、ローザンヌで死去。

章を生んだ有名な飛行中隊で、ポテ[訳注]63―7機、ポテ63―11機、ブロッシュ―174[訳注]機を駆って、超低空飛行、高度上空からの写真撮影、夜間偵察に出動した。一九四〇年五月までの「まやかし戦争[訳注]」では、雪降る冬、写真撮影に不可欠な快晴の日を待ちながら、六日間で夜間飛行六回を含む四〇回の任務をこなした。飛行隊は高い代償を払った。戦死者二名、行方不明三名、重傷二名、喪失機四機。

一九四〇年五月十日、ナチ電撃作戦開始。グデーリアン戦車[訳注]が攻めて来る。敵の機甲部隊の進軍状況を見極めるため、偵察は低空飛行で行なわれた。六月十九日までに、パイロット、偵察兵、機銃兵の活躍で夜間六回を含む七七回の任務が敢行された。四機が撃墜され、機銃兵二名が射殺され、七機が大破した。敵機一二機に襲撃された友軍機一機が、前線の中間に墜落寸前に逆に二機を撃墜、同機は奇跡的に助かった。サンテグジュペリは、ドイツのケルン、デュッセルドルフ、デュイスブルグ、そしてナチ機甲部隊の旗がひるがえる北フランス上空の飛行任務に出撃した。彼は、戦功章の栄誉に値する働きを見せた。

「最高の知的、道徳的資質を兼ね備えたパイロット将校は常に、最も危険を伴う任務を申し出ていた……。激しくかつ強力な敵の対空砲撃を浴びて機体が少々損壊しても、かなりの打撃を受けるまで彼は任務をやめようとはしなかった。部隊の人間にとって、彼は責任感と犠牲的精神の鏡だった」

六月二十日、戦いの継続のため、飛行中隊はアルジェに向けて飛び立つ。だが、戦闘終息を

ポテ：フランスの航空機メーカー。第二次世界大戦のフランス空軍の双発爆撃機、戦闘機のポテ63、偵察機ポテ63―7などを開発した。マルセル・ブロッシュ（Marcel Bloch）とアンリ・ポテ（Henri Potez）が一九一九年に設立した。一九三四年までに四〇〇〇機ほどの飛行機を製作し、複葉複座戦闘機ポテ25は郵便機等に広く使われた。戦後、ポテは拡大し、一九七〇年にアエロスパシアルになった。

ブロッシュ―174機：第二次世界大戦前にマルセル・ブロッシュが設計した時速五〇〇キロの三人乗り小型高速爆撃機。北アフリカでも対独戦線に活躍した。サンテグジュペリは同機で、一九四〇年の三月から六月まで、フランス東部、ベルギー、ドイツ方面の偵察飛行に出動し、ドイツ地上軍との爆撃戦も経験した。フランスが占領され、彼が北アフリカに配転された時、Ⅱ―三三の飛行士たちは「サンテグジュペリがいなくなって仲間は魂を失った」と彼を讃えた。

まやかし戦争：第二次世界大戦初期における西部戦線のことを意味する。一九三九年九月のポーランド侵攻から一九四〇年五月のフランス侵攻までドイツと英仏の間で陸上戦闘がほとんど無かった。戦争状態にあり、国境を接しているにもかかわらず戦闘が生じないことから生じた名称。

グデーリアン戦車：ドイツ軍大佐ハインツ・グデーリアン（一八八八〜一九四五）が構築した火力・機動力・防御力を統合した戦車。ヒトラーから装甲軍団長に任命され、オーストリア、チェコスロヴァキアのズデーテンラント進駐を果たし「韋駄天ハインツ」と呼ばれた。ポーランドとフランスを「電撃戦」で降したドイツは、一年後にはソ連侵攻作戦「バルバロッサ」を展開したが、冬将軍の到来によりモスクワ攻略は失敗。グデーリアンはヒトラーに後退と戦線縮小を進言したが解任され、終戦を目前にして軍を去った。ニュールンベルグ裁判で禁固刑を受けたが、米陸軍機甲学校に招聘され、多くの軍事関係者に影響を与えた。著書『一軍人の回想（邦題『電撃戦』）』を残している。

知らせるラジオ放送を聴いた全員の顔に驚愕が走る。休戦協定が厳正に適用されれば、空軍全体に対するのと同様に、「斧」飛行中隊も解散させられることになるからだ。しかし、フランスの植民地領を狙うイギリスの「脅威」を前に、空軍部隊の現状維持が決定された。一九四〇年七月の後半、「斧」飛行中隊は、メルス・エル・ケビル海戦[訳注]の後を受けて、イギリス艦隊の動向を察知する数々の任務を遂行した。八月二十六日、飛行中隊はチュニスに近いエル・アウイナで待機した。だがここで、長期間の麻痺状態に陥ってしまう。貧弱な燃料補給状況を逆手にとって、隊員の訓練に励んだ。部品も調達できず、難問が山積していたが、「斧」飛行中隊は損傷したブロッシュ174機を何とか飛べるように維持した。

偵察大隊の行軍日誌には、敗走時の状況が克明に記されている。

「わが軍の損害、戦死者一一名、重傷者三名、捕虜九名。中隊表彰一回、隊員表彰六六名。わが中隊が所属するII—三三大隊はアリアス司令官の下、その指示に従う。訓練……一九一四年に始まったこの戦いの二度目の勝負には負けたが、最終決戦に備えて、その訓練は密かに粛々と行なわれている。この小集団のことを『逃亡者』と呼ぶ者がいるが、われわれは筋金入りに鍛えられており、祖国の解放を目指す戦いに再び起ち上がる……。植民地を易々と手に入れたくて仕方がないイタリアが、わがチュニジアを狙って準備している侵攻作戦の動きをつかむための偵察飛行が、訓練飛行の名目で休戦委員会の鼻っ面で堂々と、サルジニアとシシリー沿岸の高度上空で行なわれている……」

七月三十一日に除隊となったサンテグジュペリは、八月五日にフランスに帰国、ほとんど農民のような生活に戻る。一九四〇年十一月、アルジェリア往復飛行を決心、その機会に偶然、ルネ・ションブ[訳注]と出会う。

占領ドイツ軍が年齢制限を厳しく下げ、フランス空軍に将校がほとんどいなくなった関係で、ションブ大佐は肩書きだけは将軍にされていた。彼はこれを嘆いた。

「情けない肩書きだ。情けない階級だ。こんなものを貰って誰が喜ぶものか」

彼は、敗軍の将になるよりも、一兵卒でもいいから戦いに勝ちたかった。彼は敗戦でも退役

---

メルス・エル・ケビル海戦：一九四〇年七月三日にイギリス地中海艦隊がアルジェリアのメルス・エル・ケビル港を急襲し、フランス艦艇を撃沈、フランス兵一五〇〇人を殺した事件。チャーチル首相はドイツ軍にフランス軍艦船を奪われるのを阻止するためだったと釈明し、ドゴール将軍はイギリスへの報復は行なわなかった。

ルネ・ションブ：フランス空軍将軍、作家（一八八九〜一九八三）。十八歳で陸軍に入り、第一次大戦に従軍、一九一四年に志願して空軍に転向、一九一五年に初めてドイツ軍機を撃墜しレジオンドヌールを受勲。ルーマニアに派遣され、武勲を重ねる。第二次大戦では、ジロー将軍の下、ベルギー戦線でナチの電撃攻撃と戦う。一九四〇年の休戦協定締結後、名誉将軍になる。ドゴールの亡命政府には加わらず、捕虜になっていたジロー将軍を一九四二年四月に救出した。一九四四年、ドゴールとの二頭政府からジローが追放されると、軍に戻り、階級章を剥ぎ取り一兵卒としてイタリア戦線で戦った。引退後は作家となり、自らの空軍体験を書いた作品で数々の文学賞を受賞した。

しなかった。ドゴールが国外で勝利を目指すなら、とりあえずフランス本土にもドイツ第三帝国にもとどまる、と言うのだ。サンテグジュペリはもっと辛らつだった。有名な六月十八日のドゴールの檄文放送[訳注]の「ドイツとの戦いには負けたが」に対して、彼は言った。

「フランスは戦争に負けた……。本当の事を言って下さい、将軍。フランスは負けたのだと。でも、連合軍は勝ちます」

ションブは「様子を探る」ためにアルジェに来たのだった。アメリカ軍が上陸すると仮定すれば、アフリカ部隊はどうする？　ヴィシー政府[訳注]は、強力な北アフリカ軍に攻撃をしかけてくる者には対決する構えでいた。フランスはこのために、モロッコ、アルジェリア、チュニジアに一一万五〇〇〇人の兵力を保持していた。

一九四〇年十一月二十七日午前一時、アレッティ・ホテル[訳注]。電話が鳴った。

「ションブさんですか？　サンテックスです」

「これは驚いた！　どうしてここが分かったのかね？」

「アレッティのバーできけば何でも分かりますよ」

「でも、君はどうしてここに？」

「話せば長くなります。今何をしているのですか？　すぐにぼくの部屋に来ませんか、この階の二二九号です。シャンパンを冷やしてありますよ、テーブルの上でお待ちかねです。またお会いできて、最高に嬉しいですよ」

サンテグジュペリがアルジェに来ている！　藪から棒に、真夜中に、シャンパンを抱えて、こうやって呼び出しをかけるなんて、まったく奴らしい。

「分かった、今行く」

「私が部屋に戻ったのは朝の四時だった。――ルネ・ションブは書いている――私たちは三時間以上も語り合った。私たちは同じ見解、同じ考え方だった。二人とも、同じ敗北の痛み、同じ

---

ドゴールの檄文放送：一九四〇年六月十八日に、チャーチルは前日ロンドンに着いたドゴールに、BBC放送を使っての演説を許可した。ドゴールは、「戦争は終わっていない。なぜなら、これは世界大戦なのだ。連合軍と共に反撃せよ」とフランス人に呼びかけた。ここから自由フランスのレジスタンス闘争が本格的に始まった。

ヴィシー政府：一九四〇年、フランスはドイツとイタリアとの休戦協定で、北部と西部をドイツに、南部をイタリアに保障占領された。首都は中部の都市であるヴィシーに移転した。政府首班には、第一次世界大戦時にフランス軍の指揮を執ったフィリップ・ペタン元帥が就任した。ヴィシー政府下では、ドイツへの経済、軍事協力が行なわれ、ユダヤ人狩りや強制収容所への輸送にも協力した。ドゴールは、休戦に同意せずロンドンに逃れ、亡命政権の自由フランスを樹立した。しかし、アメリカはヴィシー政府と外交関係を結び、イギリスもドゴールには冷淡であった。自由フランス軍はトーチ作戦（四九頁参照）では対ヴィシー政府への配慮により作戦からはずされた。

アレッティ・ホテル：フランス植民地時代にアルジェにあった高級ホテル。現在はサフィール・ホテルに名前が変わっている。

屈辱を感じていた。これに甘んじることはできない！　イギリスは抵抗しており、決して和解などしないだろう。敗北主義者連中は、アメリカ人という民族はどうしようもない！　と言うが、彼らは必ず参戦する。フランスは武器をとるべきだ。サンテグジュペリは、私に負けず劣らず愛国者で、猪突猛進型だった。彼がアルジェに来たのは、密かにアメリカに渡る計画なのだ。タンジールからポルトガル経由で行ける。彼はアメリカに行って、ニューヨークで新作の『戦う操縦士』を出版し、——いつも原稿を小脇に抱えて離さなかった。自転車のチューブを切った赤いゴム輪で留めた黒い表紙のノートだ。——同時に、アメリカ世論の思惑をつかみ、記事を書き、講演をして、世論を喚起し、アメリカが参戦できるよう推し進めるだろう。彼は役に立ちたい、奉仕したいのだ！　フランスにいると息がつまる思いなのだ！[訳注]」

　二人の男は一緒にアルジェリアとモロッコを旅することにし、モロッコでは駐在のノゲス将軍に迎えられた。

「フランス人住民とイスラム教徒住民は、この上なく冷静だ。彼らは敗北には動じなかった。これは奇跡だ、と将軍は話した。彼らは全員、私について来る。すなわち、将軍に従い、フランスに従う、ということだ。モロッコのどこにでも行かれるがよい。現地人、市民、軍人、誰にでも質問されるがよい。何の問題もありません。何の遠慮もいらない。逆に、励まされるほどです。軍隊ですか？　私が掌握しています。私の支配下に統率されています。士気はすばらしい。彼らの胸には復讐あるのみです」

日が経つにつれ――駐屯部隊を訪れながら――ションブとサンテックスは、将校たちにアメリカ軍の上陸の可能性について意見をきいて回った。アフリカ現地人の陸軍中佐が六〇名の将校の意見を代表して答えた。

「アフリカ軍は全軍が復讐に賛成であります。いかなる形態をとるのか、いかなる命令を受けるのか、われわれには分かりません。規律無くして軍隊は存続せず、規律無き軍隊は崩壊します。われわれは命令を実行します。全ての命令を。どのように苛酷な命令をも、であります」

二人きりになった時、サンテグジュペリはこんな感想を洩らす。

「聞きましたか？　この先が楽しみになってきましたね！」

## 旅の終わり

「さて、サンテックスよ、今度はいつ会えるかな？」

「ここに決まっています。アフリカです！　アメリカ軍が上陸したら、その時、必ずぼくも来

---

この文章は、将軍の孫であるピエール・ジャロッソン氏の尽力で、ションブ将軍の三人の娘、ジェラール・ド・ヴァション夫人、ギイ・ジャロッソン夫人、マルセル・シャルヴェ夫人の了解を得て公開された『アレッティ・ホテル、サンテックス、二二九号室』と題した将軍の手記の抜粋である。

ます。ニューヨークに着いたら、すぐに動きます。それから帰りの切符を手に入れます。あなたはどうなされますか?」

「私はフランスに戻る。だが、その時が来れば私も戻る。それじゃ、アルジェで再会だ」

「アルジェでまた会いましょう」

一九四〇年十二月。サンテックスは、アメリカ行きの船に乗るためリスボンに向かった。彼からこの裏話を聞かされた友人の医師、アンリ・コントが言うには、サンテグジュペリの周りには、毛皮のコートを着た奥方を連れて高級車でやってきた銀行主や実業界の大物たちがいた。彼らは、ドイツ軍の戦車や飛行機が現われるかもしれない国境を不安そうにながめながら、アメリカ行きの船を今か今かと待っていた。サンテグジュペリは、昔を振り返る。アエロポスタル時代の同僚で、地中海で撃ち落されたギヨメ[訳注]のことを思い出す。彼は、エストリル海岸にある宿泊先のパレス・ホテルから、宛先不明の秘密の手紙を書いている。

「ギヨメが死んだ。今夜は、もう友だちが一人もいなくなってしまったような気がする。可哀想だとは思わない。人の死を可哀想だと思ったことは一度もない。しかし、彼がいなくなったことが悲しい。彼から、もっと多くを学びたかったのに。この骨の折れる仕事には、憂鬱になる。何カ月もかかるだろう。彼がいてくれたら、と何度も思うだろう」

「人はすぐに老いていく！　カサブランカ―ダカール路線のスタッフで生き残っているのは私

だけになってしまった。コレット、レンヌ、ラサール、ボールガール、メルモーズ、エチエンヌ、シモン、レクリヴェン、ウィリー、ヴェルネール、リゲル、ピショドゥー、ギヨメ、ブレゲーXIXに乗っていた古き良き時代の仲間たちはみんな死んでしまった。思い出を分かち合う者は誰もこの世にいなくなった。私は一人ぼっちの歯抜けの老いぼれ、ただ思い出に浸るだけだ。南米よ、お前だけだ、残っているのは……」

「『憶えているかい?』と声をかける一人の仲間もこの世にいない」

「砂漠は完璧だった。人生で最も熱い八年だった。残っているのは、後から入ってきた役人風情のルカスと、ツールーズから一歩も出なかったから同じ釜の飯を食うこともなかったデュブルデューくらいだ。友だちがすっかりいなくなるなんて、老後の話だと思っていた。人生はやり直しの連続だ。助けて欲しい、お願いだから、陽の目を見させてくれ。どうすればいいのか言ってくれ。戻るべきなら、私は戻る……」

しかし、この魂の抜け殻状態を脱し、彼は運命を選択する。彼は「ぼろ船」に乗り、十八日間かけてニューヨークに向かった。アメリカ亡命であった。

---

撃ち落されたギヨメ:ギヨメは、一九四〇年十一月二十七日に、ファルマン型ル・ヴェリエ号に新任総督のジャン・シップを乗せてシリアに向かう途中、地中海上空でイタリア軍の戦闘機に撃墜され亡くなった。

# 第3章

一九四一年、ニューヨーク。アントワーヌ・ド・サンテグジュペリは、『人間の土地』英語版で、華々しくも全米図書賞（National Book Award）を受賞。授賞式はウォルドーフ・アストリア・ホテルで、一五〇〇人を招待して行なわれた。アメリカ滞在中に三冊の本が出版された。一九四二年に『戦う操縦士』、一九四三年に『ある人質への手紙』と『星の王子さま』である。ヴォイス・オブ・アメリカで働いていたフランス語圏出身のスイス人作家、ドニ・ド・ルージュモンは、当時の苦悶するサンテグジュペリのことを憶えている。夜の八時半、がらんとした戦時情報局の一室に夜勤職員が詰めていた。夜更けの午前二時頃、ルージュモンは決まって「トニオ」（サンテグジュペリのアメリカでの愛称）の所にチェスを指しに行っては、母国フランスの不幸を嘆く彼の話相手になった。

「彼は私に解説した。フランスの『実体《スュブスタンス》』を救うのは将軍（ジロー）だ。なぜなら彼は、妥協案を呑みながらも、露骨にドイツに楯突いているからだ。ドイツは、動力源を断つために燃料供給を差し止め、フランスへの補給も阻むに違いない。ここに来て、ドゴール派は反ナチ戦争を戦おうとしない。それどころか、ウォルドーフ・ホテルのエレベーター係やホテル・リッツのフランス人シェフが生意気だと売国奴扱いしている有様だ」

一九四〇年の敗北で多くのフランス人が国を去ったことで、サンテグジュペリは、初めは少なくとも「盾」と目されていたペタン元帥の、安全装置としての価値を信じようとした。彼の考えは変わった。『戦う操縦士』が出版されると、『フランス文学界』は地下出版で作品に敬意を表した。

「『六月の夏至[原注1]』から『残骸[原注2]』まで、多くの恥ずべき戦争文学作品が登場した。フランス人は、『戦う操縦士』を読んで胸が締めつけられる思いだった。フランス人は、この祖国の惨状の中で、これ以上の屈辱があろうかと自問自答していたことだろう。そこに、胸のすくような一冊が現われたのだ。サンテグジュペリ著『戦う操縦士』。それは、敵の眼前に突きつけられた……。この戦争の隠された真の名前、それは『西欧の反ナチ戦争』である。この戦争の否定はあり得な

原注１：アンリ・ド・モンテルラン（ガリマール、一九四一年）
原注２：リュシアン・ルバテ（ドゥノエル、一九四二年）

い。『フランスは、降伏することで戦争を回避すべきだったのか？ 私はそうは思わない』。一瞬一瞬が命賭けの空の戦士に言わせれば、畢竟、これは虐殺ゲームだ。これを、モンテルラン氏[訳注]のような陳腐な道楽者が、思い出したくもない美辞麗句のおべんちゃらで褒めたたえる。しかし、サンテグジュペリが私たちを誘うのは、哀れみでも、恐怖でも、反逆の世界でもない。死の危険を冒した飛行の物語を通して彼が深めた哲学は、私たちをして悔恨と自虐に引き込むのではなく、『言葉でしかなかった自己、自由、友愛を自分自身で実現する』ということなのだ……。『戦う操縦士』は発禁になったばかりだった。地下出版になるということはすなわち、当然の成り行きとして、囚われて完全黙秘を通しているフランスの口が少しでも開いていることを意味するのだ」

サンテックスはじっと我慢していた。気晴らしにと、コンスエロが郊外に家を見つけた。ロングアイランドのベヴィン・ハウス。

「大きい家だった。――ドニ・ド・ルージュモンは言う――嵐でぼろぼろになった木々に覆われた岬の上に建っていて、森と熱帯的な小島のある風景の中に入り組んだラグーン（砂州などによって外海と遮断されて出来た湖沼）に三方を取り囲まれていた」

「小さな小屋でよかったのに、まるでヴェルサイユ宮殿じゃないか！」

最初の夜、玄関を開けて中を見たトニオは文句を言った。

しかしそれからは、ここから動こうとせず、水彩絵具を使い自分で挿絵を描く「子供向けの絵本」作りに没頭した。ルージュモンは、この頭の禿げ上がった、鳥のように丸い目をした高貴な家柄の天才が、子供用の小さな筆をエンジニアのように正確な手つきで、舌を軽く噛みながら、色が「はみ出さない」ように無心に描く姿を観察していた。ルージュモンが、腹這いになったり、膝を抱えたり、足を高く上げたりして、「星の王子さま」のポーズをとった。トニオは子供みたいに笑った。

「後で言うんだろ。これはぼくなんだよ！って」

夜になると、膨大な量の原稿を広げて、こうも言った。

「ぼくの遺作を読んで聴かせよう」

変な事を言うではないか？　メモや加筆やなぐり書きや思考の断片などで溢れたこの紙の山、これが、一九四八年になって初めて出版された未完の作品『城砦』の原稿なのだった。夜も更け、ルージュモンはくたくただった。彼は部屋に戻ろうとする。しかし、この怪物トニオは、タバコを吸いながら、ますますとめどなく議論を続ける。

---

モンテルラン：フランスの作家、劇作家（一八九五～一九七二）。友情、闘牛、ローマ、自殺を生涯のテーマとした。サッカーと女性を愛し、植民地主義を批判した。一九三八年に発表した『秋分』はナチ占領軍から発禁処分になったが、フランスの敗戦を描いた『六月の夏至』は対ナチ協力、反解放運動的と酷評された。一九六〇年にアカデミー・フランセーズ会員に選ばれるが、交通事故で視力を奪われ、一九七二年に自殺。小説『朝の交代』、『夢』、『闘牛士』、『独身者たち』、『若き娘たち』、戯曲『ポールロワイヤル』、『ドン・ジュアン』など多数。

「この脳みそは考え出したら止まらないのではないか、と思ったほどだ」

一九四二年に入って早々、ルージュモンは彼のこんな話に驚かされた。戦争が始まる直前に、サハラ砂漠で核実験が予定されていたと言うのだ。核分裂の可能性を解説してくれたのは、サンテックスが初めてだった。彼はアメリカで、マンハッタン計画の数少ない秘密関係者の一人だった将官と何度も会っていた。彼は、チェスの駒を沈着冷静に進めながら、単なる仮説として、核兵器の可能性を示唆した。トニオは夜行性だった。フランスとアフリカの飛行場でたっぷり腕を磨いていたので、チェスは滅法強かった。しかもその上、いたずらっぽく、少し音痴気味に鼻歌を歌ったりしては、相手を攪乱する。「わざとやってるのかな?」とルージュモンがそれに惑わされると、そこが相手の思うツボ、コロコロと続けざまに負けてしまう。ある夜、彼も執拗に口笛を吹いて逆襲した。勝った。

「当たり前だよ、君の口笛にやられたよ！　随分汚い手を使うじゃないか！」

サンテックスが文句をつけるのだった。


この頃、北アフリカではトーチ作戦[訳注]が展開されていた。一九四二年十一月八日、連合軍がモロッコとアルジェリアに上陸した。午前二時十分、カサブランカに空襲警報発令、四時三十五分、上陸態勢完了、乗組員全員集合、ヴィシー政府フランス軍戦艦に戦闘準備指令（実際は使えなかったが）。八時〇四分、爆撃開始。貨物船は沈没または大破。艤装が間に合わなかった潜水艦三隻は戦線離脱。九時四十五分、アメリカ軍の重巡洋艦がフランス軍戦艦に砲撃、フランス軍が抗戦。

アルジェリアのオラン。午前〇時五十五分、アルズ上陸成功。防衛守備隊は寝込みを襲われた。三時間後、イギリス戦艦二隻が入港を試みるが、一部ヴィシー政府海軍の砲撃を受ける。イギリス艦が沈没。死者一二〇名。オラン港のフランス軍司令官（ヴィシー政府）は、侵入路を封鎖するために約三〇隻の船舶で塞いでそれに穴を開ける決定を下す。アルジェとオランでは、特に地上戦が熾烈だった。連合軍の陣営にフランス軍がなだれ込み、十一月十一日まで決着がつかなかった。枢軸国側は防戦するも、敵が転覆や衝突で艦船を失っていたにもかかわらず上陸軍を阻止できなかった。フランス側損害、死者一三四六名、負傷二〇〇〇名。連合軍側、死者四七九名、負傷七二〇名。

サンテックスのII—三三飛行中隊は、待ちに待っていたこの「決戦」にいざ乗り出すとなって、

---

トーチ作戦：一九四二年十一月八日に開始された連合軍によるモロッコ、アルジェリア上陸作戦。連合軍上陸部隊はカサブランカ、オラン、アルジェの港湾を目標とした。ジロー大将の部隊と現地のヴィシー政府軍との小規模な戦闘が行なわれたが、フランス軍総司令官ダルラン大将が連合軍の停戦に応じた。枢軸国側は、ロンメル将軍の部隊とドイツ第五装甲軍がカセリーヌ峠の戦いに勝利し、その後一進一退が続いたが、ドイツ軍は五月に北アフリカ撤退を決定する。しかしアメリカ軍にチュニジアの補給港ビゼルトを占拠され降伏、地中海のほぼ全域が連合軍の制空権下となった。トーチは英語で松明の意。

翼を震わせていた。部隊は、アルジェリアのセティフ近郊の小都市コルベールを基地に、ドイツ軍の上陸地点と前線を特定するため、チュニジア沿岸地域の偵察飛行を行なっていた。状況は流動的だった。海抜九〇〇メートルに位置するコルベール基地の排水環境は良くなかった。雨が降ると、たちまち泥の海と化し、二週間は水が引かなかった。装備はと言うと、歴戦に耐えてきた機体は旧式で、技術的にも時代遅れだった。ドイツ軍の戦闘機は少なくとも時速一〇〇キロ以上速く、機銃の性能も優れていた。彼の中隊は、飛行中にエンジンが停止して二機を失った。幸い、搭乗兵だけは無事だった。中隊にいた、あるパイロットが振り返る。

「あの冬は雨が多かった。約束されていたアメリカ製の新型機が待ち遠しくて、上空を飛ぶ米軍機を見上げてはうらやましく思ったものだ」

政治的には、事態は急転していた。連合軍と、ペタン元帥が後継者に指名したフランス軍総司令官、ダルラン海軍大将[訳注]との間で協定が成立する。ジロー将軍はフランス陸軍最高司令官になった。十二月二十四日に、ダルランがボニエ・ド・ラ・シャペルに暗殺された後、一九四三年一月の終わりに、カサブランカの城外、アンファで戦勝国首脳のルーズベルト、チャーチルとジロー、ドゴールとで国際会議が持たれた。フランスの両将軍は、言い争う。ドゴールは言った。

「はっきりしている。あなたがフォッシュで、私がクレマンソーだ[訳注]」

しかし、一九四三年二月、アメリカの後押しでジローがドゴールを退けて最高司令官の地位に就く。サンテグジュペリはと言えば、戦いの場に行けず悶々としていた。厭世感と悔恨の間を

## 行き来しながら、女遊びと執筆の精神的に乱れた日々を送っていた。

ダルラン海軍大将：フランソワ・ダルラン。ヴィシー政府のフランス海軍大将（一八八一～一九四二）。一九〇一年に海軍に入り、第一次世界大戦で活躍、海軍大臣、大西洋艦隊総督を経て、ヴィシー政府国防長官、国民議会副議長、次期元帥に指名される。一九四一年にヒトラーとパリ講和条約を締結、海外植民地港を明け渡した。ラバルが副首相に就任すると、政権を離れ軍司令官に就任。トーチ作戦ではアルジェリアで応戦したが、停戦。北アフリカ総督として居残ったが、一九四二年十二月二十四日に王党派の刺客、フェルナン・ボニエ・ド・ラ・シャペルに暗殺された。

あなたがフォッシュで、私がクレマンソーだ：ジョルジュ・クレマンソーは元フランス首相（一九〇六～一九〇九、一九一七～一九二〇）で、対独強硬派で断固とした戦争政策を強行し「ドイツの方角を睨んだまま、立った姿勢で埋葬してもらいたい」と遺言し、その通りに葬られた。ドイツ分割政策に反対。フェルディナン・フォッシュ（一八五一～一九二九）はフランスの陸軍軍人。志願兵として普仏戦争に従軍。第一次世界大戦開戦時には軍団長。一九一八年連合国軍総司令官に就任、元帥となった。戦後ドイツ非武装監視委員会会長を務め、その際にクレマンソーとフォッシュ元帥がドイツ分割をめぐり激しく対立した。

アンドレ・モロワ：フランスの作家（一八八五～一九六七）。英語に堪能で、通訳官として第一次世界大戦に出征。アラン（『幸福論』の著者）の教えを受け、一九一八年に『ブランブル大佐の沈黙』で認められた。教養と良識ある美しい文体で『気候』、『血筋のめぐり』などの小説や『シェリー伝』、『ディズレーリ伝』、『英国史』などの小説的伝記を多数書いた。第二次世界大戦中はロンドン、アメリカに移り住み、『フランス史』などを発表している。

結婚生活では、彼は暴君だった。アンドレ・モロワ[訳注]は、ベヴィン・ハウスでの夜の出来事を憶えている。サンテグジュペリは決まって夜遅く、何か食事を作れとか、チェスの相手をしろとか言っては、何度も妻を起こす癖があった。彼は廊下に立って大声で妻を呼ぶ。

「コンスエロ、コンスエロ！　卵を焼いてくれ、卵を！」友人モロワをたたき起こして、公園の散歩につき合わさせ、戦争や『星の王子さま』の話をした。それもすべて、自己の内面にこだわるもので――ソレスム修道院[訳注]の話までしたが――、要するにじっとしていられなかったのだ。次第に彼は無断外泊するようになり、ニューヨークにいたシルヴィア・ハミルトンという若い娘の部屋に夜中に転がり込んでは朝帰りし、家で書きまくってはまた出かけて行き、どこかのクラブで酒をあおるのであった。愛人や浮気相手は他にもいた。誰が誰だか分からなくなり、女たちみんなに、平気で同じ殺し文句のラブレターを一日に何通も書きまくっていた……。シルヴィア・ハミルトンの他に、ナタリー・ペイリー[原注3]がいた。ロマノフ家の王女でありながら、モデル稼業と端役専門の三流映画女優をして暮らし、乱痴気パーティと麻薬の日々に明け暮れる哀れな失意の亡命貴族。サンテグジュペリは、この小さな顎をしたスラブの生娘にぞっこんだった。

「ぼくには、額が埋められる肩のくぼみが必要だ。喉を潤す愛の乳房が必要なのだ」

コンスエロは、髪は茶色で活発な女性だったが、ナタリーはマレーネ・ディートリッヒに似ていて、品が良くて、金髪で、今にも壊れてしまいそうな女性だった。トニオにとって、女性は戦士の休息の相手ではなく、調和、あるいは失われた世界の秩序を取り戻す手段だった。彼はつねに、「モレーナ（黒髪の女）」コンスエロを賛美する気持ちを抱いていたが、同時に気性の激しさも感じていた。悲劇的でどっちつかずの愛に、倦怠が忍び寄る。彼は、コンスエロと別れることもできず、ほとんど闇雲のジレンマに陥って行く。彼女には、彼が自分から逃げ出そうとしているのが分かる。彼は変わった。口を利かなくなり、怒りっぽく、ふさぎ込むようになった。

「あなたは靄《もや》の中にいた」

彼女は回想記でこう振り返っている。

力強いと同時に壊れやすかった二人の物語は、暴力と情熱のそれでもあった。二人は何度となく口論し、離婚を頭に描いていた、とルージュモンは証言する。サンテグジュペリがコンスエロに宛てた手紙から、ぴりぴりした結婚生活であったことは疑いない。お互い相手一筋の理想的

---

ソレスム修道院：フランス北西部のサルト県ソレスムにある千年近い歴史を持つベネディクト会修道院。英仏百年戦争、フランス革命などで度々受難した。一八六六年には尼僧院が設立された。共和国法で閉鎖され、修道僧がイギリスに避難したこともある。グレゴリアン聖歌を復活させた修道院。

原注3：ナタリー・ペイリー、アラン・ヴィルコンドレ著『*La Véritable Histoire du Petit Prince*』（星の王子さまの真相）、二〇〇八年、フラマリオン刊。ヴィルコンドレはコンスエロ・ド・サンテグジュペリの未発表の遺稿を入手した唯一の研究家である。

原注4：アラン・ヴィルコンドレ著『*La Véritable Histoire du Petit Prince*』（星の王子さまの真相）、二〇〇八年、フラマリオン刊。

な夫婦が、もう一緒には暮らせない、に変わってしまうのはいつも同じ筋書きだ。[原注4]

サンテグジュペリはコンスエロを、だらしがなく不貞の噂があると非難し、コンスエロは彼のすることは下品で、群がる誘惑にすぐ尻尾を振る、となじる。みんなに仲良くして欲しいトニオは、二人を縛りつけた絆を解き放ち、どうにでもなれと思うようになった。コンスエロは打ち明ける。

「あなたは全然幸せそうには見えなかった。これからも同じね。分かっていたの。あのⅡ―三三飛行中隊復帰の許可が出て、戦場に行き、撃たれて死ぬまでは」

一九四三年三月十五日、やった！　彼は、アメリカのドゥーリトル将軍の尽力で、北アフリカで戦闘中の師団に入隊できる確約を取る。ライトニングに乗るには歳をとりすぎていた彼は、将軍に取り入り、アメリカ軍当局が、アメリカで最も有名なフランス人作家の名声の前についに折れたのだ。四月一日、コンスエロはルージュモンに電話し、サンテックスがニューヨークのビークマン・プレースにあった彼のアパートをランチタイムに訪ねて、友人でジャーナリストのピエール・ラザレフともども、お別れを言いに行くかもしれない、と伝えた。ルージュモンはその時のことを憶えている。

「グリーンのビロード絨毯を敷いた二階の書斎に入ると、サンテックスが航空大尉の軍服姿で――大きな帽子に金ぴかの徽章を付けて――、イーストリバーに臨むガラスの張り出し窓の前に腰掛け、『ライフ』誌のカメラにポーズをとっていた。入った途端、こんな言葉が口から出た。

『すごい！　いつもどおりだね！』。彼は、怪訝な顔で私を見た。そこで、ピエール・ラザレフが言った、『トニオ、どうしたんだい！　ドニはなかなかしゃれたことを言うじゃないか』。本当は少しも面白くなんかなかった。むしろ、悲しかった。彼はそれを感じていたのだ」

この写真の一枚が、一九四四年八月十日、彼の行方不明を伝える『ニューヨーク・タイムズ』に掲載されることになる。

出発の数日前、サンテグジュペリは妻に一通の手紙を残している。

「コンスエロへ。知っての通り、私は四十二歳だ。山ほど事故に遭ってきた。パラシュート降下もできない私だ。三日に二回は肝臓が不調で、二日に一度は船酔いになる。グアテマラで骨折してからは、片方の耳が昼も夜もわんわん言う……。夜も眠らず仕事をしても、やり場がないほど苦しくて、ピクニックよりも辛い。僕は本当に、くたくたになっている！」

「でもぼくは行く……。飢えた人たちから遠く離れているのはもう耐えられない。心安らかに生きるには良心に従う、ぼくにはそれ以外にない。そして、それは可能な限り苦しむことなのだ……。それこそ、二キロの荷物を運ぶのも、ベッドから出るのも、床に落ちたハンカチを拾うのさえ辛くてたまらない、こんな無様なぼくにこの上なく似合っている……。ぼくは死ぬ『目的』で行くのではない。ぼくは苦しむために、ぼくの苦しみと共に生きるために行く……。死にたくはない、だが、たとえこれで死んでも本望だ」

彼はアルジェに向かった。

# 第4章

一九四三年五月五日。ジロー将軍がアルジェで樹立した臨時政府の情報大臣、ルネ・ションブ大将の執務室。この閣僚指名はいわくつきであった。一九四一年になってすぐ、ションブは、元上官でドイツ軍の捕虜になっていたジロー救出の策謀を開始した。一年以上かけて、作戦が準備された。この作戦は成功した。アメリカ軍最高司令部との連携が生まれる。ションブはジローの代理として何度もウェイガン将軍[訳注]に北アフリカの指揮を要請したが、ウェイガンは申し出を断わった。そこでジローが、米英の上陸の日に北アフリカの指揮を執った。ションブは、チュニジア戦線で指揮を執り、再び戦おうとした。しかし、ジローには別の計画があった……。

ションブ将軍が書き残している。

「二年と五カ月経っても、まだサンテグジュペリから何の知らせもない。一通の手紙すら。アルジェリア、チュニジア、モロッコと、フランス領アフリカは武器を取り、ペタン元帥に対してとりあえずは反旗をひるがえした。ジローが、この反対勢力の大将である。私は、スペインを抜けて、アルジェで彼と再会した。私は今、この夏宮《訳注》で彼のすぐそばにいる」

「私の執務室のドアが開いた。青と赤の軍服姿で、褐色の肌にターバンを巻いた堂々とした体格のアフリカ現地人騎兵が入ってきて、敬礼した。

『ショウグン閣下、会いたい人来ました』

『誰だ?』

『分かりません。あなたのこと知ってます。会いたい、言ってます』

---

ウェイガン将軍:マキシム・ウェイガンはフランス陸軍の将軍。ベルギー生まれで、一八八八年にフランスに帰化した。ベルギー国王レオポルド二世の隠し子という噂がある。第一次世界大戦でフォッシュ元帥の参謀長として活躍し、一九三五年に陸軍参謀長で退役したが、第二次世界大戦で復帰、一九四〇年に連合軍総司令官に就任した。しかし、対独講和を主張、ペタン政府の国防相、北アフリカ軍総司令官となった。ドゴールにも、ナチにも協力を拒み、ドイツに抑留され、戦後は対独協力者の嫌疑をかけられたが、一九四八年に無罪となった。

夏宮:オスマントルコ時代に建てられた宮殿を植民地宗主国フランスの総督、オマール公アンリ・ドルレアンが一八四八年に夏宮として使った。一八六五年にはナポレオンが滞在した。以後、歴代のフランス大統領の逗留先として使われた。現在は人民宮に名前が変わっている。

『よし、通せ！』」

「がっしりした人影がドアに立ちはだかった。サンテグジュペリだ！　帽子も被らず、手ぶらで、荷物一つ持たず、そこに立っている。少し痩せてはいるが。ふくろうのような眼、黒い瞳は相変わらずだ。だがすぐに、ユーモアと真面目さの入り混じった、彼独特のいたずらっぽい口元になった。

『約束どおりやってきました。でも半年の遅刻です。申し訳ない。ドゴール派のせいでね……』」

彼は前夜に到着していた。アメリカ軍の輸送機に、唯一の民間人として乗って来た。彼は、アルジェに住む旧友で医師のペリシエ家に身を寄せた。彼は、昔所属した飛行中隊の基地があるラグアット[訳注]にできるだけ早く行きたかった。飛行中隊Ⅱ―三三はコルベールから、このアルジェリア南部のオアシスに移動していた。そしてある日、奇跡が起きたのか、フランス人パイロットたちの眼前にP―38が着陸した……。

で、アメリカはどうする？　作家は歯に衣を着せない。ニューヨークは、フランス人がドゴール派と反ドゴール派に切り裂かれた「蟹スープ」[訳注]だ。サンテックスは、ドゴール派から大逆罪の汚名を着せられた。彼の本『戦う操縦士』はペタンを真っ向から叩き、ドゴールを将軍とは認めず、彼に強烈な不快感を与えた。すべては白か黒で裁かれていた。自由フランスの指導者に追随しない者は裏切り者呼ばわりされていた。ドゴール派のこのようなふるまいは、実は、後々になって、地位や僧録や名誉を手に入れたいがための欺瞞的態度だった。サンテグジュペリは、もうドゴール派には我慢ならなかった。状況が悪化する中で、彼はアドリアン・ティシエ[訳注]が指導するドゴール派組織の機関紙「ラ・マルセイエーズ」への寄稿を拒絶し、一九一四年のジロンド飛行中隊の英雄の一人、アンリ・ド・ケリイス[訳注]が発刊した『勝利のために』の方にインタビューで協力、ドゴールからゴキブリ扱いされるようになる。アメリカ軍が北アフリカに上陸した翌日、サンテグジュペリはすぐにアルジェに来ようとした。しかし、眼を光らせていたティシエがワシ

---

ラグアット：アルジェの南四〇〇キロ、アトラス山脈にある町。近くにアフリカ最大の天然ガス田がある。人口一二万五〇〇〇人。十一世紀に建てられた古い町。

蟹スープ：マルセーユの名物料理。まるごとの蟹を、つぶした蟹のスープで煮る料理。意見を異にする同国人同士が同じ器の中にいることを喩えている。

アドリアン・ティシエ：フランスの政治家、ジャーナリスト（一八九三〜一九四六）。第一次大戦に従軍後、傷痍軍人会を組織、一九三六年にジュネーブの国際労働機関委員長に就任。ペタン首相の講和に反対し、ドゴール将軍派についた。一九四四年にドゴール臨時政府の内務大臣、フランス解放後も社会党の国民議会議員として政治に関わった。

アンリ・ド・ケリイス：フランスのジャーナリスト、政治家（一八八九〜一九五八）。一九一四年、対独ベルギー戦線で世界最初の空爆を指揮した。大戦後は新聞『レコー・ド・パリ』政治部長、『エポック』紙主幹。国会議員としても活動し、第二次大戦では当初ドゴール派だったが、ジロー派に変わった。亡命先のニューヨークでフランス語新聞『勝利のために』を発刊。ドゴールを専制君主と批判した。生涯フランスに住むことを拒否し、一九五八年にニューヨークのロングアイランドで死んだ。

ントンに手を回して出国を阻み、それはならなかった。飛行機で渡ろうとあちこちを奔走したが、いずれも返答がないか、断られるか、だった。

ションブが事情を説明している。

「ニューヨークのティシエもロンドンのドゴールも、アメリカ軍のモロッコとアルジェリアへの上陸に大きな怒りを抱いた（ラ・マルセイエーズは憤慨していた）。コケにされたのだ！　彼ら（アメリカ）はぎりぎりのところでドゴールではなく、ジローを選んだのだ。彼（ドゴール）こそ、自由フランスとレジスタンスの雄ではなかったのか？　アメリカはドゴールを警戒していたのだ！　完璧に彼を無視することにしたのである。サンテックスは、この怒りのはけ口の被害者だった。彼は、五カ月の間、正真正銘の議事妨害策の対象にされていた……」

サンテックスは、長い脚を延ばして腰掛けた。

「ここはどんな状況ですか？」

彼はもう以前のようにションブを名前では呼ばなかった。ションブが空挺師団の将軍の地位に返り咲いた現在、サンテックスはあえて短く「将軍」と呼び、「将軍閣下」とは呼ばなかった。少しも軍隊風ではなく、なかなか彼らしくもあった……

「ところで将軍、あれを見ましたか？　心配していた通り、アメリカ人に銃を向けるなんてフランス人も馬鹿なことをしたものです。分かりきっているじゃないですか！」

「みんながみんなではないさ。あんな馬鹿げたことは、けっこう早めに止めさせることができてよかった」

「早くはなかったですよ！　どちらも沢山死にましたから。ニューヨークでは大変な騒ぎでしたよ。ペタンの担保が無くなった今、ドゴールと彼の一派がジローを眼の敵にしているのを知っておくべきです。連中は彼を潰すことを誓い合いました。どんな手を使ってでも潰しにかかるでしょう」

「君の言う通りだ！　彼に君の話を伝えよう。同じ話を彼にしてくれたまえ。彼がドゴールをアルジェに呼んで、権力を分ち合おうとしているのが気がかりだ」

「とんでもないですよ。ニューヨークじゃ、ロンドンの企みなど筒抜けです」

「君の口から、彼に言ってくれ」

「言いましょう」

ジローは、毎朝八時半、親しい人たちを朝食に招いて一席ぶるのを楽しみにしていた。砂糖もバターも無いブラックコーヒーに、固くなったパンとジャムが少し。ジャムは本当に少ししかなかった。アルジェリアでは食糧統制が最悪の状態になっていた。彼自身、こうして模範を示していた。サンテックスは明瞭な政治的理由から彼に会いたかったのだが、もう一つはアメリカ軍にコネを効かせて欲しかったからでもある。Ⅱ—三三中隊は間もなくラグアット基地からモロッコのウジュダ基地に移り、ロッキード・ライトニングP―38を三機あてがわられることになっていた。この飛行機はアメリカ空軍の至宝であり、世界で最も速く、ドイツ軍の戦闘機よりも強力だった。これに乗れば、単独搭乗で、機銃を装備せずとも、高度一万メートルから一万二〇〇〇メートルの上空から写真撮影の偵察飛行が可能で、ドイツ軍戦闘機に捕まることもない。ただ、アメリカ軍教官は経験のある若い飛行士にしか任せたがらなかった。年齢制限、三十歳。

「乗りたいです!」とサンテックス。

ションブが言う。

「そうだろうとも。でも、それは叶わぬ夢だ。アメリカ人は融通が利かない。どうしようもないだろう!」

「それじゃあ……ジローなら?」

ションブは翌週、二人を会わせたが、話はまとまらなかった。ジローは、この作家を入閣させるつもりでいたのだった。彼なら、連合軍サイドに立ったフランスの宣伝に使える。サンテックスは腰を上げた。自分は戦うために来たのだ。ぬくぬくと机に坐っているためではない。彼はジローに、ライトニングP―38に乗れるようにアイゼンハワーにとりなしてくれと頼んだ。ジローは、むしろむっとなった。

「ションブ、君にまかせる!」

政治の話に移ると、雰囲気は和らいだ。サンテグジュペリは、ジローとドゴールとの関係についてニューヨークで見聞きした事を話した。将軍は非常に興味を示した。しかし作家は、ションブと示し合わせて、こう警告して話を結んだ。

「もしドゴールがアルジェに来たら、ジローは一巻の終わりです」

将軍は立ち上がり、ナプキンをテーブルに置くと（というよりも、投げつけて）、突如話を打ち切った。

「サンテグジュペリ君、余計なお世話だ。君の忠告には感謝するがね。君は私のことを大馬鹿だと思っとるようだな」

部屋を出ながら、サンテグジュペリは少し顔色を失って、ションブに言った。

「ジロー将軍殿はああゆう人だったのですか？　頼もしいかぎりだ！」

大きな口を叩きはしたが、サンテックスはかなりしょげていた。彼は後でションブに手紙を書いている。

「相手の気持ちを考えて話すべきです。あの朝のジロー将軍に対する私の口のきき方が悔やまれます。私の発言には、品性も、気配りも、礼儀も欠けていました。心から過ちを詫びたい。話が話だけに、覆水盆に帰らず、です。焦ったのが失敗でした。そうは言っても、私が建前だけで彼の考え方に賛成しているからといって、あんなにもはっきりと私を切り捨てた将軍の態度は正しくないと思います。軍人の階級意識が邪魔したのです。私がもっとうまくふるまえば、将軍ももっと好意的になってくれたことでしょう。でも、私の言葉は心底から出たものであり、ただ彼の役に立ちたい、すなわち国の役に立ちたい、その目的だけでものを言ったのです。基本報告書に独自の解釈を加えてくれそうな師団の司令官もまだいると思います。つねに正確で簡潔な報告書を提出することばかり心配していて、報告書の中身に手心を加えられる権限などない下士官たちですが、彼らの誠実さと愛国心と誇りを揺り動かして、政治的行動をとらせるのです。ジロー将軍には軍人の誇りがかかっているのです」

ションブはションブで事態の収拾に難儀していたが、ジローもまたあれほどまでにかっとなったことを悔いていた。そこで、朝食会がもう一度開かれることになった……。ションブが語る。

「その間に、私はアイゼンハワー最高司令官の首席補佐官、ウォルター・ベデル・スミス[訳注]に会うためサン・ジョルジュ[原注1]に行った。彼は、サンテグジュペリがフランスで、またアメリカでも別格の存在であることが分かっているはずだった。例外的存在に加えて、スケールも例外的だ！ベデル・スミスは、アイゼンハワーに話しますとだけしかあえて言わなかった。私は心配だったので、ジローからアイゼンハワーに個人的に電話を入れてもらうことにした。そうして、決定が下りた。サンテグジュペリは、ライトニングに乗ることを許可された」

夏宮、午前八時半。ブラックコーヒーをすすりながら、ジローが吉報を伝えた。とりあえずは、口頭での認可だった。アメリカ空軍最高司令部の通達が、訓練基地とII―三三中隊に達するまでには、すべての部署を通過するのを待たねばならなかった。ジローは、最初に考えていたことを決してあきらめず、サンテグジュペリに、解放の戦いの火蓋が切って落とされるのを待ちかねていた訓練基地の将校や下士官たちを相手の講演旅行を要請した。どんな話をすればいい？　忍耐と信頼！　自分のおかれた状況に当てはめるのが一番である。

「年寄り宣伝外交員ってところですかね。これもあなたのおかげです！」

シムーン機の操縦席についた彼は、ションブにこんなへらず口をたたいた。

将軍は語る。

「この講演旅行で私は彼に何度も会った。ドゴール派の手先が、フランスからスペイン経由でカサブランカに逃げて来た人たちに近づいて、ジロー将軍からドゴール将軍の部隊に鞍替えしな

---

ウォルター・ベデル・スミス：アメリカの外交官、軍人、政治家（一八九五〜一九六一）。第一次世界大戦で予備役将校としてフランスで戦う。一九四一年、陸軍参謀本部の事務官、一九四二年に統合参謀本部事務官となった。アメリカ軍の北アフリカ侵攻時に連合軍最高司令官ドワイト・アイゼンハワーの首席補佐官に任命され、ナチス・ドイツ降伏まで務めた。人種差別主義者で黒人兵士の有効性について疑問を呈していた。一九四六年、駐ソビエト大使、一九五〇年に中央情報局長官、一九五三年から五四年まで国務次官を務め、アメリカ国家安全保障局の組織構築に貢献した。

原注1：サン・ジョルジュはアルジェのホテル。アイゼンハワーの指令本部として接収された。現在は、エル・ジャゼール・ホテルに名前が変わっている。

いかとあつかましく勧誘していた。それを目撃した彼は怒り狂った。悲しいかな、二つの軍隊があるのだ。サンテグジュペリは落ち込んでいた。心が痛めつけられていたようだった。悲観していた。彼は、ある意味でいつも悲観的ではあった。戦争や勝利の結末に、あるいは意見が合わぬまま再び武器をとる根拠に疑問を抱いていた。というより、彼に言わせれば、猛威をふるい、世界を台無しにしていた地球的大混乱の後にやって来る世界に、彼は憂鬱な未来を感じていたのだ。ある日、彼は私に言った。『おそらく、千年たっても、世界は元通りにならないかもしれません。残骸と廃墟の中で頽廃しきっているかもしれません。なぜ私たちは争うのですか？　自分の主義を守るために、必死にしがみついているだけではありませんか。これ以外に、何の能も無いのですか……。将軍、こんな嫌な時代はありません。この戦争の後、すべてが終わった時、そこにはただ空虚な世界が残るだけです。何世紀も生きてきた人類は、頂上は雲に隠れて見えず、下は奈落の底へと続いている長い階段を駆け下りていくのです。人類は、この階段を上ることもできたのに、下る方を選んだのです。精神が頽廃すればもうおしまいです。私は、戦争で死んでも平気です。生き残って、どんな仕事が見つかるというのですか？　灰の山の中に、仕事なんかあるものですか』」

このように、アントワーヌ・ド・サンテグジュペリには、理想主義と、懐疑的悲哀と、もどかしさが混ざり合っていた。Ⅱ―三三中隊に復帰した彼は、昔の仲間たちと再会し、明るさを取り戻した。厄介な男だ。ラグアットの空軍基地で所定の手続きを済ませると、彼は訓練を再開した。一カ月で、ブロッシュ174、シムーン、ノース・アメリカン[訳注]に乗り、二十八時間飛んだ。六月八日、彼はモロッコのウジュダでライトニングP―38を操縦した！　彼の年齢と傷ついた体で、与圧装置のない操縦室で高高度飛行をするのは大きな負担だった。しかも、管制塔のアメリカ兵との交信や、飛行機の密度が相当に高い上空での他機との交信が困難なのは目に見えているのに、英語を話すのは頑固に拒んだ。その割には、すべて順調に行った。なぜ英語を嫌ったのか？　完璧主義だったからだ。アメリカ人の友人の一人であるジョン・フィリップスに、彼はひねくれた説明をしている。

---

ノース・アメリカン：アメリカ製レシプロ単発単座戦闘機（P―51）。愛称はムスタング。第二次世界大戦の半ばに登場し、素晴らしい戦績を残し、最高のレシプロ戦闘機の一つとみなされた。操縦性が高く、大量の燃料を搭載できた。航続距離が長く低空性能に優れていたため、地上攻撃や写真偵察に大活躍した。しかし、高高度では性能低下が大きく戦闘には不適当だった。改良機P―51Dは火力が強化され、計六丁の機関銃を装備、最大八発のロケット弾を携行できる機種もあった。一九四四年三月からヨーロッパ戦線に参加、六月六日からのノルマンディー上陸作戦に使われた。日本への侵攻作戦にも導入が計画されたが、五五五機が配備された時点で終戦となった。戦後も多くの空軍で採用され、一九四八年の第一次中東戦争ではイスラエル空軍が使用した。最後のムスタングは一九五七年に退役した。

「ニューヨークでは英語を話さない方が得だ。コーヒーが飲みたい時、一番可愛いウェートレスをつかまえて、コーヒーカップと小皿とスプーンとコーヒーとクリームと砂糖を、ジェスチャーで伝えるのさ。ぼくのパントマイムに彼女は笑う。英語なんか勉強したら、こんな笑顔が見られなくなるだろ?」

だが、ここはもうニューヨークではない。英語は航空管制に不可欠である。サンテグジュペリは無線装置を嫌悪していた。

「このレシーバーを着けるとたちまち頭痛になる。それに、地上と自分を結びつけるものは大嫌いだ」

P—38について、彼はその初めての印象をションブに次のように伝えている。

「いい飛行機です。二十代の頃にこんな贈り物をプレゼントされていたら、さぞかし嬉しかったことでしょう。こんな楽しいおもちゃがもらえるまでには、世界の空を六千時間も飛ばなくてはならなかったとは、まったくうんざりさせられます……。こんな親父の歳になっても、私が速度と高度の世界に身をまかせるのは、往年の満足感に再会できるのを期待しているからではなく、まさにわれわれの世代に科せられた面倒な事を一切拒否したくないからです。二十歳の頃の私だったら、おそらく勘違いしていたと思います……」

しかし、この罰当たりな男は、本当のところ、何を求めていたのだろう? ルージュモンが言うように、彼の頭は静止がきかなかった。彼の頭には、フランスで除隊になり、修羅場から遠く離れ、時の経つのを忘れて数週間を野生児のように暮らした一九四〇年の十月がよみがえる。自動車を埃《ほこり》まみれのガレージにしまい、彼は「馬車と野の草と羊とオリーブの木々に出会った」。オリーブの並木には、時速一三〇キロでぶっ飛ばしても味わえない何かがあった。「木々はゆっくりとオリーブを実らせる」。羊は、「本物の糞をして、本物の羊毛を作る」。羊が草を食む。草には意味がある！　サンテックスは生き返ったようだった。ここでは、埃にも香りがある……。

「この話も、アメリカ軍の基地内のこの人の群れ、立ったまま十分間でさっさと済ませる食事、二六〇〇馬力の単座機の発着、一部屋に三人ずつ詰め込まれた貧弱なバラック、この殺伐とした人間の砂漠、ただ一言、味も素っ気もない、それが言いたかっただけです。これも、一九三九年六月の、得るものも、生還する希望もない任務のように、一時の病なのです。私は、いつ癒えるとも知れない『病《やまい》』にかかっているのです。でも、この病から逃れる権利は私にはありません。そういうことです」

「ああ、将軍。世界には、ただ一つの問題があるだけなのです。たった一つの。人間に、魂の意味を取り戻すこと。魂のゆらぎを。人間の上に、グレゴリオ聖歌に似た何かを雨のごとく注ぐのです……」

サンテックスは、高度一万メートルの上空に上がると地上の自分を忘れることができた……。六月十九日、彼は高高度飛行免許証を取得した。

「高度一万二〇〇〇メートルに相当する低気圧状態の継続の中で、古傷に軽い痛みが認められた」……。六月二十五日、司令官に昇級する。Ⅱ―三三中隊は、七月一日にチュニジアのラ・マルサ[訳注]に駐屯した。サンテグジュペリはマルサ・プラージュ（海岸）にあるルネ・ガヴォワル中隊の司令官官舎に宿泊する。夜遅くまで『城砦』を書き、朝は遅くまで寝ていた。本人は良い気分だったが、何事にも不注意で管理人を怒らせてばかりいた。水道と電気が厳しく割当てられていたこの時期に、水道は出しっ放し、電気はつけっ放しにする。部屋の戸も窓も閉めないので、寝ている間に近所の子供に財布や時計やペンを盗まれた。

執筆と海水浴。絵もいくつか描いた。彼にとってこれは一種の証左であった。悲しい時はメランコリックなクロッキーになった。幸福な気分の時は、楽しいデッサンを山ほど描いた……。

基地に戻ろう。フランスの解放区は、これ以降「斧」部隊が占領して、Ⅱ―三三中隊が警戒にあたった。無数の戦略任務が、主として航空写真（マッピング＝数値地形図）測量の形で、南フランスの指定区域の上空で遂行された。高速の単座機を一人で操縦し、特定地点、敵の占領下にある村、橋、滑走路、あるいは地域全体を、時には五〇〇〇キロメートルにわたって写真に収めた。長い任務で――六時間以上に及ぶ――常時、酸素吸入を必要とした。安心できるのは、その速度の速さと、救命ゴムボートがパラシュートに装着されていたことだ……。

「でも、空からフランスに再会できるのは格別だ！」

中隊の行軍日誌にはこうある。

「初めてヨーロッパに接近し、素晴らしい晴天の下、薄い雲間に突如それと分かる沿岸の地形を認めた時、強い感動で胸がしめつけられた。こんな感覚を味わえるのだから、パイロットは幸せだ」

アメリカ人との付き合いは腹蔵がなかった。ついてない事も多かった。酸素不足でエンジンの調子が狂ったり、着陸用車輪が降りず、このまま車輪のフックがかからなくなったらどうしようと、びっしょり冷や汗をかきながら重い手動ポンプと十分間も格闘することもあった。そして、万事順調の時も、つねにドイツ空軍の戦闘機や対空砲火「ＦＬＡＫ」[原注2]の恐れがあった……。

「帰還が遅れた偵察機を待つ重苦しい時間はみんな経験している。十五分、三十分、一時間ともなれば——これは燃料の限界だ——もう基地には帰れない。故障して、敵の領土内のどこかに不時着でもしていてくれれば、せめてもの救いだ。無線交信が一晩中続けられる。翌朝になっても何の連絡もない。最後の望みは、パイロットが敵の捕虜になったという知らせだけだ。中隊で最初に消息不明になったル・フォルソネー中尉のケースがそれだった。彼は戦闘機に撃墜された。

ラ・マルサ：チュニジアの首都チュニス郊外にある町。ローマ時代の都市国家、カルタゴのこと。フランスは一八八一年にオスマン帝国領のチュニジアに侵攻、激しい反フランス運動が起きるが鎮圧された。一八八三年に「マルサ協定」が締結され。フランスは一九五六年まで植民地支配を続けた。現在リゾート地として有名。

原注２：**Fliegerabwehr kanone**の略称。対空砲火の意。

銃弾の破片が頭部に刺さり重傷を負ったが、パラシュートで脱出し、奇跡的に助かった。気がついたときは病院のベッドだった……」

サンテックスはP―38に乗り「変身」した。彼は、一九四三年七月二十一日に、最初の任務に出動した。八月一日、まずいことにエンジンの故障で着陸に手間取り、ブレーキも効かなかった。「地上旋回」したが、翼をオリーブの枝にぶつけ、軽く傷つけた。ルネ・ガヴォワル中隊長は、悪い印象を放置しておかないために、新たな任務を与えたが、何人かのアメリカ軍上級将校がこの事件を理由に彼を飛行禁止にした。技術的にも、医学的にも、戦略的にも、反論できない理由だった。サンテグジュペリは、歳を食いすぎていた。重要な偵察飛行のパイロットは、司令部の作製した極秘計画の一部として働くのである。彼らは、作戦が実行されるために戦闘機や爆撃機が出撃する前に戻って来なければならず、敵の手に落ち、最高司令部の作戦の情報を奪われるようなことは絶対に許されない。

「また――ガヴォワルは語る――われわれがアメリカ空軍に加わったことをよしとせず、自由フランスの十字旗（ヴィシー政府の旗）の下にあるわれわれを平気で咎めるフランス人のやっかみもあった」

これも、フランスの陣営を二分する悪名高き斧、錦の御旗に過ぎなかったのだ……。

そういうわけで、サンテグジュペリはパイロットの名簿から除外されてしまった。

作家で詩人、押しも押されもせぬ存在である。だが、戦闘機の世界では雲の上の遊覧飛行は勧められない。

彼はすぐにアルジェに飛んだ。

一九四三年夏、政治的にはドゴールが優勢に立つ。自由フランス国民委員会の委員長の一人となった。もう一人の委員長、ジローは依然として陸海空三軍の総司令官と同じ権限を持つ地位を兼任していた。ションブがジローに、あらためてアイゼンハワーへのとりなしを依頼したのは、この一つ、空軍司令官としてであった。状況は有利だった。ジローは「戦う操縦士」を読んだばかりだった。非常に気に入っていた。「たぶん、彼がドゴールを最高に不愉快にさせたからだろう」と、ションブ将軍は率直に書いている。ジローがとりなしてくれたが、折衝には時間がかかった。アメリカ空軍は特別扱いを渋った。ジローは食い下がった。サンテグジュペリは、アルジェで悶々と待った。暇つぶしに、数の理論に凝っていた頃に憶えたトランプ手品を仲間たちに披露した。見事な腕前だった。選んだ札を、魔法使いのように、恐ろしいほどずばりと当てて見せるのだ。気晴らしにはなったが、生きている実感がない……。

アルジェの医者、ジャン・ルイ・ジャックマンがエール（翼）酒場の雰囲気をたっぷり語ってくれる。「元祖」たちが集まっていたこと、温もりのある板張りの壁に赤いビロードの腰掛、素朴なテーブル、年期の入ったバー・カウンターに高い止まり木、ずらりと並べられたピコン、シユズ、ノワイー、マンダラン、ギニョレなどの酒。サンテグジュペリが格別に好んだ酒の肴は、カビリア人のバーテンが出すオードブルだった。それが、サンテックスのカナペ（オープンサンド）だ！

地中海のソーセージ――メノルカ島マオンのソーブレサーダ[訳注]――ボン岬のアリッサ[訳注]を瓶の半分ぐらい入れて十分に練りこみ、オリーブ油に浸した紐で縛り、アニゼットの香りで脂身をとじこめる。冷蔵庫で一晩寝かす。それを、カリカリの薄いトーストに満遍なく塗ってパクリ……。

一九四三年の夏、サンテックスはダンフェール・ロシュロー通り一七番にある旧友の医師、ジョルジュ・ペリシエの家に世話になる。十一月五日、脊椎を怪我する。

「分かるかい――彼はペリシエに説明した――まったく馬鹿な冒険をしちまったよ。オーブンみたいに真っ黒になった家の通路を気分よくスタスタ歩いていたんだ。あんなところに、白い大理石の六段もある階段があったとはね。通路の出口のところに格好よく作ってあるのさ。突然、空足を踏んだ。一瞬だった。いやな音がした。それは、ぼくの背中だった。上を向いたまま、大理石の堅い角に身体の二カ所を微妙に支えてじっとしていた。大人しくね。二カ所というのは、尾てい骨と腰骨脊椎の五番だよ。あんな小さな部分にあんな大きな衝撃が加わったんだ。大理石は無傷だった。今は、何とか歩けるようにはなったけど……」

しかし、サンテグジュペリは、医者がこの痛みをよく分かっていないのではないかと、医学からも見放されたように思ってしまう。

「独りぼっちとは決して思わないで。私の心臓はあなたのそばで鼓動しています――コンスエ口からの手紙である——あなたの傷、あなたのリュウマチの痛みを、私の手を差し延べて救って上げられないのが何よりも辛く、苦しい」

彼女は、二人を隔てる大西洋の彼方から、彼のことを慰めようとした。『星の王子さま』が、生まれなかった子供の代わりになった。

「いつの日か——コンスエロはまた書く——砂漠に私を連れて行って星の王子さまに会わせて、お願いだから」

アントワーヌは『城砦』の執筆を続ける。これは、何の構想もない、おそろしく野心的な、下品で、過剰で、叙情的で、観念的で、抽象的すぎるごった煮の作品だった。彼の中に、昇天、神との出会い、といった犠牲の思想、死を受け入れる思想が生まれていた。

「夜になるとやって来る宗教的感覚が棲みついていた。それはもう、家族に囲まれた幸せな儀式や行列や、神父のかたわらで過ごす荘厳なひと時に彩られた、あの少年時代のカトリシズムではない。彼は、リジユーの聖テレーズ[訳注]の敬虔な肖像写真を持っていた。彼女も陰鬱な夜と懐疑と苦悩を味わった人である。磔刑前夜、オリーブの木が立つゲッセマネの園で、そして十字架に磔

---

ソーブレサーダ：唐辛子を練りこんだソーセージ。地中海のマヨルカ島やメノルカ島の名物。

アリッサ：チュニジアなど北アフリカ諸国の香辛料。粉末唐辛子をにんにく、コリアンダー、クミン、オリーブ油で練ったもの。

りつけられた夜に、イエスが襲われた孤独に彼は少しずつ近づいて行く……。彼の言葉は、度し難いうつ病患者のそれではない。死を切望する悲しみの告白である。人は生まれ続ける、それは奉仕し続けること、そして天に昇ることなのだ[原注3]」

「カントゥス・プラヌス、[訳注]満ち潮！」

彼は、大聖堂のように壮大な雲の中へと入っていくことを夢想する。白い家の建ち並ぶ町に釘付けにされ、じっと命令を待つ身、それが軍隊だ。もう彼には耐えられない。

「ぼくはペスト患者だ……だからどうした！……これ以上の苦しみには耐えられない……もう息ができなくなるほど苦しい」

そうこうするうちに、中隊がアドリア海沿岸のフォッジャ・サン・セヴェーロに移動になった。イタリアのファシストはみんないなくなってしまった。パイロットたちには少し皮肉に感じた……。一九四三年のクリスマス、アメリカから空輸した冷凍の七面鳥を囲んで、フランス軍とアメリカ軍との連合軍パーティが催された。

サンテグジュペリは、アルジェからニューヨークの妻に、このような電報を打った。

「コンスエロ　トテモアイシテル　アナタガイナイクリスマス　トテモサビシイ――深い苦渋の時には手紙だけが慰みだ――アイタクテタマラナイ　ヒャクサイモトシヲトリマシタ　アイシ

テル　イマママデデイチバン」

アントワーヌは、まるで一旦言い出したらきかない星の王子さまのように、頑強に指令を待ち続けた……。彼はションブ将軍に手紙を書いた。

「親愛なるションブ様。

今夜、部屋に戻った時、私は大きな憂鬱感から脱け出ました。私が自分勝手に元気になったのは、多分これが最初で最後のことだと思いますが、利己的以外の理由で、私はこれにこだわります。私は、今まで一度も、あなたにも誰にも、司令官にして下さいと言ったことはありません。

---

リジユーの聖テレーズ：現代フランスを代表する聖女。本名はテレーズ・マルタン。一八七三年にアランソンで生まれ、四歳で母と死別。父と五人の姉妹はリジユーに移住した。テレーズは二人の姉に続いて一八八八年に十五歳で地元のカルメル会修道院に入るが、結核に冒され、一八九七年に二十四歳で亡くなった。翌年から巡礼者たちが彼女の墓に詣でるようになり、数々の奇跡が報告された。一九一〇年から列聖への手続きが開始され、一九二三年に教皇ピオ十一世により列福。遺骸は墓地からカルメル会修道院に移され安置され、一九二五年に列聖、聖女となった。エディット・ピアフは七歳の頃、眼病で一時的に失明するが、リジユーの聖テレーズの墓所に参って祈願すると一週間後に視力が回復した。ピアフはサント・テレーズを信じ、終生その十字架のペンダントを離さなかった。

原注３：アラン・ヴィルコンドレ著　"*La Véritable Histoire du Petit Prince*"より。

カントゥス・プラヌス：ジャン・コクトーが一九二三年に書いた作品、『平調曲—Plain Chant』（ラテン語でカントゥス・プラヌス）。単旋律のグレゴリオ聖歌で生と死を主題としている。

要求が通って当たり前のような仕組みの世界で、人様の世話にはなりたくはなかったのです……。私は、三回も昇進を断ってきましたが、そのことで大使館が横やりを入れ、アメリカでの宣伝活動に影響しました……。私には不適格と判断されたこの司令官の地位は、戦時下におけるII―三三中隊への忠誠心から、私自身が拒否したものです。結局は、ご辞退申し上げる結果になることが分かっていたので、私は空軍省に対して昇級の異動をしないようお願いしていました」

「プロの飛行士としては、私は最も厳しい路線で飛行時間七千時間近く飛んでいます。その上、三年間（一九二九年から一九三一年まで）にわたってアルゼンチン国内全航路の延べ五〇〇〇キロメートルの運営をまかされ、ブエノスアイレス―マゼラン海峡路線をこの手で開設しました。これが私の実績です」

「しかし、こうした技術的、軍事的理由以外に、私の外国の仲間たちとの交友関係の広さで、地位を有利に活用できるという理由があります。私が書いた本は、フランスの作品だけではなくアメリカの作品をも含めた中で、全米ベストセラーにランクされています。これほど読まれている外国人作家は、私をおいて他にはいないでしょう。自慢しているのではありません。そうではなく、アメリカ人の間違った意見に対して、フランスの名誉を守るために、この立場を利用したのだと言いたいのです……。もし私が、自らの強い信念に背き、知名度で人の価値を推し量るようなところに身をおいていたならば、とうの昔に司令官以上の地位に就いていたに違いありません。この道徳的立場以外には、私が何も得ようとしていないこと、ただいつも通り、戦う操縦士たることしか要求していないことを、よくご存知だと思います……」

「親愛なる将軍殿。私は少々辛い気持ちであなたに運命を託します。深い友情を信じて下さい。
サンテグジュペリ」

来る月も来る月も繰り返されるジローの要求にうんざりしたアイゼンハワーは、最高司令部首席補佐官に電話した。

「フランス人というのは分からん、ジローが一番分からん！　サンテグジュペリというのはうるさい奴だ。復帰させよう。地べたにいるより空を飛んでいる方が静かで良い！」

受話器の向こう側で、ウォルター・ベデル・スミス将軍がノートに何か書き付け、それを秘書がイーカー将軍[訳注]に送る。地中海方面連合軍司令官である。

「現在除外中のフランス人飛行士、サンテグジュペリは飛行任務に復帰する。署名：アイゼンハワー」

---

イーカー将軍：アイラ・クラレンス・イーカー（一八九六～一九八七）。米空軍将校で、第二次世界大戦でドイツ爆撃を行なった第八空軍司令官。テキサス州リャノ出身。一九三六年に、計器飛行による北米大陸横断に初めて成功した。戦後は米空軍の陸軍からの独立に尽力し、一九四七年に中将で退役。

# 第5章

一九四四年五月十六日、アントワーヌ・ド・サンテグジュペリは、サルジニア島アルゲーロに基地を置く「斧」中隊に原隊復帰した。イタリア侵攻作戦は、一九四三年九月に敢行され、長靴の先端のレッジョから上陸し、ナポリ、ローマ、シエナへと進撃して行った。一九四四年七月、前線部隊はエルザ[訳注]方面にあり、アルノ川に接近していた。もうすぐフィレンツェが見えてくる。七月十七日、Ⅱ—三三中隊がコルシカ島バスティアの南、ボルゴ飛行場に到着した。中隊はここを基地にして、南フランスからローヌ渓谷に北上し、リヨンの先までの地域を組織的に偵察するのだ。これは、プロヴァンス上陸作戦準備のための任務であった。

Ⅱ—三三中隊行軍日誌より。

「最後の大決戦が近づいているのを全員が感じている。ノルマンディーの戦闘は過酷だが、前線は後退することなく順調に進んでいる。南仏上陸作戦の開始も間近い。多くの徴候からそれと見てとれる。われわれの写真撮影任務は海岸線に沿ってダイシング[原注1]で飛ぶ。アメリカ軍最高司令部から訓練後に出された、わが中隊の二名の飛行士に対する飛行禁止命令は『ずっと前から分かっていた』ことだ」

「真夏のボルゴ飛行場の酷暑の中の出撃は過酷だ。離陸前の十分間に、灼熱の炎天下用ではなく北極圏用の装備を着用しなければならず、それに適した気温になるには高度一万メートルまで我慢しなければならない。到達した時点では、飛行服の中は汗ぐっしょりになっていて、じとじとの気持ちの悪い状態で全任務を遂行しなければならない」

サンテグジュペリは、早朝に飛ぶことが多かった。六月六日、エンジンから発火して任務が中断した。彼は無線交信用コード番号の送信を忘れる。[原注2]六月十四日、任務良好。十五日、酸素供給装置の故障で引き返す。二十三日、任務良好。二十九日、四十四歳の誕生日、エンジン一機だ

---

エルザ：コッレ・ディ・ヴァル・デルザ（Colle di Val d'Elsa）。イタリア、トスカーナ州シエナ県のコムーネ（共同体）の一つ。シエナの北にあり、人口は二万人に満たない。東側にアルノ川が南北に流れている。

原注1：ダイシング：約三〇〇メートルで飛ぶ低空飛行。

けの飛行で、アルプス地方を越えてトリノ、ジェノアから帰還、貴重な写真を収める。[原注3] サルジニアのアルゲーロ飛行場を出発した彼は、コルシカのボルゴ飛行場で着陸に失敗。七月十一日、気象通報により引き返す。十四日、酸素装置の故障で、意識不明になりかけた。七月十六日、ルールー大尉を含め中隊員が来るべき作戦内容を知りすぎていることを考えて、これ以上偵察任務には出ないよう要請があった。サンテックスはこれを断固拒否する。七月十八日、アルプス方面を写真撮影。七月二十一日、ルールー大尉とアンリ大尉が、実行間近い作戦を熟知していることから飛行禁止を言い渡される。サンテックスは飛行をやめない。しかし、彼は何度も事故を起こしている。

中隊長、ルネ・ガヴォワルは困惑した。それだけではない。一九四〇年のことであったが、彼はサンテグジュペリにある事を言った。その言葉が『戦う操縦士』の中に使われていたからだ。彼は悩んだ。

「大尉殿、まさかこの戦争に生き残るつもりではないでしょうね」……。

ガヴォワルは回想する。

「飛行士たちが眠りについている頃、私は、エルバルンガ[訳注]に借りていた別荘に彼を訪ねることにした。彼は、服を着たままベッドに横になって、両手で顔を覆っていた。彼は、宿舎に帰るといつもこのようにベッドで憂鬱そうにしていた。今日一日頑張ったことが一体何になるのかを咀瞬していたのか、彼は夜遅くまで瞑想し、書き、それからぐっすり寝るのだった」

ガヴォワルは特に、十分注意するよう彼に伝えたかった。

「感受性がおのずと欠点になるわれわれの世界では、彼のような優れた才能には行き場所がなかった……」

結局、彼は間もなく飛行を禁止されることになる。連合軍のプロヴァンス上陸作戦が間近に迫っていた。名簿に名前が書かれていないのにもかかわらず、サンテグジュペリは出撃に固執した。二人は十分に話し合った。

「だが彼は、こう言って話を打ち切った。いずれにしても命が無くなるのは覚悟している。そ

---

原注２：緊急事態のトラブルで、彼はコード番号送信装置を入力するのを忘れた上に、英語も喋れなかった。連合軍の管制塔は、敵機と判断し、警報を発令（戦闘と防空態勢）する。無線から、サンテックスの叫ぶ「merde!（糞！）」という言葉が聞こえ、アメリカ兵はそこで声の主が、あのとても発音できない難しい名前の飛行士であると分かった。全員が「エックス司令官」の飛行機に違いないと言った。
原注３：この任務で二度目の戦功章を受け、二つ目の棕櫚（棕櫚十字章）を貰った。
エルバルンガ：コルシカ島バスティアの北の半島、コルス岬の観光地の一つ。「ミュスカ」と呼ばれるマスカットで作る食前酒が名物。かつてこの地方から世界を股にかける船乗りを多く輩出した。風光明媚な海辺の小村。

れが戦争の任務以外のためだったら、私（ガヴォワル）も許さないだろうけれど、と……」

サンテグジュペリはガヴォワルに大切な事を頼んだ。原稿の入ったトランクを預かって欲しい、それからやるべき任務命令を下して欲しい。Ⅱ—三三中隊司令官は、夢でも見ているように聞いていた。これは遺言なのだ。

「目の前にいるのは亡霊か何かのようだった。感極まって、二人とも涙を流した。私は夜更けに彼の元を去り、トランクを自室に持って帰った」

七月三十一日の彼の最後の任務のコード名は、「ソーダ」第三三号Ｓ一七六、グルノーブル、シャンベリー上空からの偵察、であった。

七月三十日夜、「楽しい夕食」だった、と当時十六歳の少女だったイヴェット・モワロンは思い出す。彼女は、五歳半も歳上の仲間たちの間では（この歳の差は大きい！）「チビちゃん」と呼ばれていた。Ⅱ—三三中隊の飛行士が、ジープでカルドの村までやってきて若者たちを乗せ、テギーネ峠を越えて島の反対側にあるファリノーレの海岸まで行く。バスティアから三〇キロくらいある。砂浜にカーキ色の毛布を広げ、ピクニックを楽しんだ……。

イヴェットは、コルシカ島と本土との連絡船会社社長の娘だった。母親は娘を信頼していた。自由に外出させていたが、真昼間から突然パーティーになって、踊ったり騒いだりする土地柄だったが、手に手を取って木陰に姿を消すことだけは御法度だった。

「挨拶のキスは、今よりもっと控え目でしたもの！」

彼女は、十日前にサンテグジュペリに会っている。背が高くて体格の良い、スポーツマンのような体型で、『夜間飛行』の作家から想像していたロマンチックな容貌とは似ても似つかない顔だったのを憶えている。大きな鼻で、本当に、けっこう赤ら顔だった。若い娘の目からは、プレイボーイのタイプには見えなかった……イギリス人パイロットにはそういうタイプがいたけれど……。彼は他の連中のような振る舞いはしなかった。

「中では一番年上で、どこか慎みがありました。一人で浜辺を散歩していました。海は大波が来るので危険です。彼は、波打ち際から離れて遠くまで歩いていました。悩んでいるような、口数が少なくて、夢でも見ているみたいに、考えに耽っていましたね。とてもきれいな目をしていました……軍服姿で、帽子を斜めに被り、全然お洒落ではありませんでした」

イヴェットは飛行兵のルヌー軍曹、少尉候補生のマルティィ、写真兵のギイェミノー、ルールー大尉、民間人の装飾大工のことまで良く憶えている！ 夜、ダンスの折には、サンテックスは全然悪気なしに、その大足でパートナーの足を容赦なく踏みつけていた。

七月三十日の夜は、隊員たちはコルス岬の国道沿いにある海辺のレストラン、レ・サブレットに行き、夕食を楽しんだ。サンテックスとイヴェットは、テーブルの一番端で隣り合わせになった。彼が言った。

「お嬢さん、見てごらん！」

彼はポケットからカードを出して、必ずハートのエースかキングで終わるマジックをやって見せた。
「彼は、少しかじる程度で、ほとんど食べ物には手をつけませんでした。それから、早めに出て行きました。十一時半か十二時ごろでした、そっと消えました。朝になって任務に出発するまで、基地には戻らなかったことが後で分かりました。朝までどこで過ごしていたのかは誰も知りません」

謎はすでにこの時始まっていたのだろうか？

一九四四年七月三十一日、午前八時。若い整備兵、シャルル・シュティは滑走路に向かった。二人の将校がやってくるのが見えた。一人は司令官、サンテグジュペリ。ライトニング223号の狭い操縦席にこれから乗り込む。
「彼を初めて間近で見た。すごい感動を覚えた。ぼくのことを知らないのに、彼はとても優しい言葉をかけてくれた。でも、悔しいかな、これも出発準備に必要な時間内で終わってしまった。彼の飛行服の腿のポケットにメモ帳が入っていて、鉛筆が紐でくくりつけてあったのを憶えている」

書類のサインを終えると、整備兵と下士官が手伝って、サンテグジュペリのパラシュート、安全ベルト、ヘルメット、酸素吸入装置の装着や無線機のプラグの接続を行ない、エンジン発動とともに各種計器を点検した。ついで、風防を閉め、同時に副官のルッセルと特務曹長のポティエが、エンジン、着陸用車輪、操舵翼、補助翼の最終地上点検を済ませた。

車輪の留めくさびがはずされた。

「通常の手旗信号が送られた。出発だ。八時四十五分だった[原注4]」

離陸。二十五分後、レーダー室から同機がフランス領空内に入ったと知らせてきた。コルシカ島とフランス本土との距離の短さを考慮に入れると、彼は正午には帰還するはずであった。だが、十四時になっても、姿は見えない。もうすぐ燃料が無くなる。

この時はまだ誰も知らなかったが、サンテグジュペリは将校室の彼のデスクの上に、人目につくように二通の手紙を残していた。一通目は、彼の女性庇護者で、生涯付き合ったもう一人の愛人、大切な存在であった心優しい貴族夫人、ネリー・ド・ヴォギュエ[訳注]宛てであった。

「ぼくは四回もしくじった。しかし、ぼくには全くもってどうでもいいことだ。ここは、憎悪

---

原注4：サンテグジュペリの離陸時刻を正確に知るのは不可能である。直接の証人は八時十五分と証言しているが、八時四十五分の可能性が高い。彼の搭乗機の航続距離は五時間である。

ネリー・ド・ヴォギュエ：サンテグジュペリの早くからの愛人で、金持ちの貴族夫人。彼を金銭的にも精神的にもバックアップした女性。一九四九年に、ピエール・シェヴリエのペンネームでガリマール社から彼の人間性をつぶさに見た立場から書いた『アントワーヌ・ド・サンテグジュペリ』を出版している。

と無礼の渦巻くところ。立て直せと言う。知るものか。くたばっちまえ」

「先日は戦闘機に不意打ちを喰らった」

「ぎりぎりのところで逃げた」

「連中の議論にはうんざりするし、彼らの勇気がさっぱり理解できない。勇気とは、カルパントラの図書館[訳注]に収められているフランスの精神的遺産を救うことだ。子供に読書を教えることだ。一介の大工として殺されるのを受け入れることだ。彼ら自身が国なのだ。ぼくではない。ぼくはこの国の出身だ。哀れな国の」


二通目は、ヴェルコールのマキ[訳注]の指導者、ピエール・ダローズに宛てた手紙である。

「私は、現在の状況についてのあなたの考えを知りたく思います。私自身は、絶望的になっており……」

「私は、できるだけ深い意味を持って戦おうとしています。私は、間違いなく世界で一番歳をとった飛行兵です。私が乗っている一人乗り戦闘機の型式では、年齢制限は三十歳です。先日も、まさに四十四歳の誕生日に、アヌシー上空、高度一万メートルでエンジンの故障に遭いました！アルプス上空を亀のようにのろのろとあえぎ飛んでいたところ、ドイツ軍の戦闘機にどっと出くわし、私の本を北アフリカで発禁にした超愛国主義者のことを思い出してニヤリとしてしまいました。変な話です！」

「もし私が撃墜されても、私は決して後悔などしません。将来、シロアリに食い尽くされることを思うとぞっとします。私は彼らのロボットのような勇気が大嫌いなのです。私には庭師が向いているのです……」

サンテグジュペリは、これ以降、ドゴールがフランスの歴史的正当性を代表することが分かっていたが、彼はドゴール派に対する反撥と嫌悪を一切隠そうとしなかった。

「この狂人者集団のフランス人同士の虐殺指向、戦後政治で狙っていることには非常に驚かされます――彼はアメリカの出版社社長カーティス・ヒッチコックに書き送っている――カーティ

---

カルパントラの図書館：南仏プロヴァンスのヴァントゥー山の麓にあるカルパントラは十五世紀から続く古い町で、アンガンベルティヌ図書館には「ノストラダムスの大予言」を始め、十八世紀にアンガンベール司教が集めた貴重な書物のコレクションが保管されている。現在、二二万点の書物、版画等が収められている。

ヴェルコールのマキ：第二次世界大戦時のドイツ占領下におけるフランスのレジスタンス組織のひとつ。グルノーブルの近くにあるアルプス山脈の山、ヴェルコールで活動していた組織のことを指す。マキの名前の由来は、コルシカ島で森（マキ）に隠れて活動することからこう呼ばれた。ノルマンディー上陸作戦、プロヴァンス上陸作戦と活動を強め、ドイツ軍はヴェルコールなどレジスタンス活動が特に活発だった地域では過激な報復を行なった。

スさん、あなたもいつかは私に賛成なさるでしょう。ドゴール主義を支持するのを拒否したことで、私が寄生虫扱いされたことを思い起こし、悲しい笑いを浮かべることでしょう！　ドゴールが民主主義を代表し、ジロー将軍は独裁者であると人々はまだ信じているのでしょうか？　私はむしろ、羊のように弱弱しく、すべての点において独裁者たろうとしなかったジローを非難します」

　サンテグジュペリは、魂の抜け殻になったような世界に入ることを拒否した。

　今、ライトニングに乗っている彼の頭には、三週間前に友人のションブに打ち明けた考えが浮かんでいることだろう。

「このヘルメット、酸素マスク、トランシーバー、パラシュートのつり革、ありとあらゆる装備は何だ？　私は別の時代の人間だ。ジョアシャン・デュ・ベレー[訳注]」と同時代であり、さもなくば、彼のソネット、彼の謎、彼の秘密とともにアルヴェール[訳注]の時代の人間なのだ。文明はこの時代に終わるべきだったのだ。なぜ、続ける必要があったのか？　残りは余計だ。フランスが解放された晩には、やるべき事は一つしかない。われわれの馬鹿な進歩を作ったすべてに動力ハンマーを打ちおろし、何としてでも一世紀、多分もっと前に立ち戻り、あるべき正しい位置に精神を据えることだ。もしそうしなければ、人間性は自ら埋没してしまうだろう。アーメン！」

ジョアシャン・デュ・ベレー：十六世紀フランスの詩人。一五二二年頃にアンジュー地方リレの古い貴族の家に生まれたが、幼くして両親を失くした。パリのコレージュ・ド・コクレで詩作を学んだ。聖職者の道を選び、パリのノートルダムの参事になる。二十七歳の時に友人たちと『フランス語の擁護と顕揚』宣言書を発表し、ラテン語からの脱却を呼びかけ、初のフランス語によるソネット詩集『オリーブ』を出版した。一五五八年に『ローマの古跡』『様々な田舎風遊戯』『アレクサンドラン』など一九一篇のソネットを集めた『哀惜詩集』を刊行した。一五六〇年一月一日に書斎の机で急逝した。

アルヴェール・フェリックス：十九世紀フランスの詩人、劇作家（一八〇六～一八五〇）。パリに生まれ、法律家から詩人に転向、二十五歳の時に書いた戯曲『失われた時間』の劇中詩「ある秘密」（アルヴェールのソネット）は、一大センセーションを巻き起こし、フランスのロマン派の古典となった。代表作はこれだけで、「一作だけの詩人」と呼ばれる。セルジュ・ゲンズブールが曲をつけて歌っている。

# 第6章

そしてこの時、半世紀以上におよぶ謎が始まったのだ。
操縦席の風防の奥からサンテグジュペリが送るサインを見送りながら、Ⅱ—三三中隊の誰もこれが最後になるとは思わなかった。
十二時三十分を過ぎた時、ガヴォワルは不安になった。無線送信にも応答がないままである。十三時、レーダー室に警報が出された。スクリーンには何も映っていない。十四時三十分、飛行機の燃料が切れる時間だ。空に機体は見えてこない。十五時三十分、アメリカ軍の情報将校、ヴァーノン・V・ロビンソンが書類に書き込み、サインした。
「パイロットは帰還せず、消息を絶ったものと推測される……機影なし」

「四十歳を過ぎてから乗る飛行機には気をつけなさい」。占師のマダム・ピコメスマスが警告していた。サンテグジュペリは多分憶えていただろうが……。

一番楽観的な人たちは、彼がスイスに不時着したか、そうでなければサヴォワ地方のマキ（レジスタンス）にかくまわれている、と思いたがった。捕虜になったのであれば、釈放されるまでに長くはかからないだろう、となぐさみ事を言うのであった……。だが、アルジェでは、数日後、むかむかするような噂が広まった。

「彼は多分、ヴィシーに着陸した……」

「この噂は、裏切りの偽装を示唆するもので、彼が行方をくらましたのは許されない、とされた」

こう語るのは、カーティス・ケイト[原注1]である。

「新聞報道は、彼が最後の任務に出発したきり戻って来なかった事実について一定の反響を呼び起こし、彼の経歴に関していくつかの記事を掲載したが、突然何も書かなくなった。オーケストラの指揮者が何か指示を出したかのようであった。何回か、上層部から何らかのお達しがあっ

---

原注1：カーティス・ケイト、アメリカ生まれの作家、ジャーナリスト。著書に『サンテグジュペリ、空の農夫』（二〇〇〇年、グラセット刊）がある。

たのではないか、と勘ぐる者もいた」

　彼が消息を絶ってから数日間は、ドイツのラジオ放送は、サンテグジュペリのライトニング機がドイツ空軍戦闘機に撃墜された可能性を示す報道を一切しなかった。中隊の仲間の見解は分かれていた。ガヴォワル、ルールー、デュリエズは、またしても酸素吸入装置の故障が発生したせいではないかと考えた。高度三万フィートで六〇秒間酸素の供給が止まると人は死ぬ。写真撮影の対象だった地域を考えると、ライトニングはアルプス山中に墜落したのかもしれない。これなら、なぜバスティア基地のレーダーが彼の帰還飛行ルートを捕捉できなかったかが説明できる。

　カーティス・ケイトはこうも語る。

「ルールー以下の仲間たちが指摘していた飛行術の要点は簡単なものだった。まず、ライトニングの航跡が白く見えるようになるまで高度を上げる。それから五〇〇から一〇〇〇フィートほど、飛行機雲が消えるまで下降する。この飛行機雲が生成される限界高度の真下を飛ぶことで、敵のドイツ軍戦闘機が攻撃のために上昇してくるかどうかを識別する絶好のチャンスが生まれる」

　実際にライトニングの速度はとても速く、敵機が上に回って攻撃することなど望むべくもなかったし、「白雲をウェディングドレスのように空一杯に広げて」上昇してくるドイツ軍戦闘機は丸見えだったはずだ。

　サンテグジュペリは、背後から忍び寄るコブラに――彼は、『戦う操縦士』の中でメッサーシユミットのことをまさしくこう呼んでいる――気がつかないほど、そんなにも不注意だったのか、あるいは写真撮影に熱中しすぎていたのか？　それとも、またもやエンジンが止まってしまったのか？　下降する前に酸素が切れてしまったのか？　それとも、連結パイプの断裂による故障事故に遭ったのか？

一九四八年三月のある日のことだ。これについてはそれまで何一つ分からなかったのだが、サンテグジュペリのフランス国内の出版者であるガストン・ガリマール宛てに、元ドイツ空軍司令部大尉で、エックス・ラ・シャペルにあるプロテスタント教会の牧師をしているヘルマン・コルトなる人物から一通の手紙が届いた。コルトは、ゲッチンゲンのある雑誌を読んでいて、サンテグジュペリの最後の飛行の日付を知ったと言う。彼は、戦争中の日記を読み返し、その日に自分が書いた一節を見つけたのである……。

ドイツ空軍は、南フランス方面はイストル、イタリア方面はガルド湖畔のマルセジーヌ、南東部空軍司令本部はベオグラードの三カ所に各司令部をおいていた。コルト大尉はマルセジーヌにいた。一九四四年七月三十一日、彼は遅くまで仕事をしていて、同僚の誕生日パーティーには出られそうもなかった。そんな時、夜中にイストル（暗号名：トリブーン）から電話が入った。ドイツ空軍の偵察任務の結果を定期的に電話報告してくる情報担当将校、カント大尉からの連絡である。正式報告は暗号で書かれており、コルトは自分の手帳にその概略を七月三十一日の欄にメモした。

「*Anr. Trib. K. Absschuss 1 Aufkl. Brennend über See. Aukl. Ajacc. Unver.*」。

これは、以下のように解読される。

「トリブーンからの電話連絡、カント大尉より、偵察機一機破壊、戦闘後、炎上して海中に墜落。わが軍のアジャクシオ[訳注]上空偵察に変更なし、任務続行」

これで、サンテグジュペリの死の謎が解決したとしばらくは思われた。しかるに、彼が消息を絶った日の前夜、七月三十日の十二時から十二時十五分の間、アメリカ軍の飛行士、ジーン・メレディスが、ニースーバスティア間のコルシカ島沿岸沖六〇海里[原注2]の地点で間違いなく撃墜されている。この事と混同されてはいないか？　二十四時間の時間差で、地理的には同じ地点において、同じ時刻に、同様の事件が再発したとはあまり考えられない。

さらに詳細を知りたがったペリシエ医師の連絡を受けたヘルマン・コルトは、すぐ翌日に明瞭な返答を送った。

「私は仕事の終わりに際し、その日の事を必ず手帳の翌日の欄につけていました。これは、八月一日でした」

ペリシエはメレディスが死んだ実際の状況と、サンテグジュペリが消息を絶ったと思われる状況との類似点をもう一度確認した。しかし、コルトは間違いないと言う。

「カント大尉の連絡期日については間違いありません。七月三十一日です……」

プロヴァンス上陸作戦を警戒していたドイツ空軍は、日常的にコルシカ島北部の港湾や沿岸地域の写真撮影を行なっていた。護衛のフォッケヴォルフ戦闘機[訳注]が一機、ジーン・メレディスのライトニングに目をつけ、そして撃墜したのだった。アメリカ軍飛行士はデュランス川上空地域を飛行中だったに違いない。彼は、アジャクシオの偵察を行なっていたドイツ軍機に運悪く出くわしたのだ。アジャクシオはコルシカ島西海岸の南側に位置しているが、翌日サンテグジュペリが飛び立ったバスティア飛行場は正反対の北東にある。

もし彼が、メレディスのようにローヌ川流域かデュランス川流域の地域に行かされていたなら、彼のルートも写真撮影飛行中のドイツ機と遭遇したかもしれない。だが彼は、アルプスとグルノーブルに向かっていたのであり、搭乗機の計器類が完全に狂っていたのでなければ、あるいは、航行経路に重大な過ちを犯していなかったのでなければ、彼はイストルの東からマルセーユまでの約一三〇キロメートルのところあるサン・ラファエルとカンヌ間のフランス沿岸を飛行す

アジャクシオ：フランス、コルシカ島南部にある都市。コルス（コルシカ）地域圏の首府。ナポレオン・ボナパルトが生まれた街。第二次世界大戦では、フランスで最初にドイツから解放された（一九四三年十月八日）。
原注2：六〇海里、一一一キロメートル強。
フォッケヴォルフ戦闘機：メッサーシュミットと共にドイツ第三帝国を代表する高性能な戦闘機。BMW製のエンジンを搭載し、終戦までに二万機以上も大量生産された。

る計画を立てたであろうし、ドイツ軍の偵察機と護衛の戦闘機のルートから八〇キロメートル以内の地域には決して近づかなかったはずである。原注3

ヘルマン・コルトに最初の連絡を送ったカント大尉を探してみたが、彼を見つけることはできなかった。第二次世界大戦のドイツ空軍第二司令部の関係書類はドイツ軍撤退時に廃棄されたと思われるが、イストルのドイツ空軍司令部の行軍日誌が残されていた。そこには、一九四四年七月三十日と三十一日のところに「フランス南部に敵の重大偵察活動あり」と記されている。三十日に撃墜されたメレディスの飛行機に関しては何も書かれていない。また。翌日三十一日も、サンテグジュペリのライトニング機とおぼしき類の話もない。

コルトは、彼が力説しているにもかかわらず、日付を勘違いしていると考えられる。なぜならば、彼は三十日のメレディス機の件については何も書いていないからである。夜遅い時間まで拘束されていて、特別な事だという認識が薄れていたとも考えられる。この手帳は普段、私的なメモのためにだけ使っていた。

---

原注3：カーティス・ケイト著『サンテグジュペリ、空の農夫』より。

# 第7章

サンテグジュペリ神話はどんどん膨れ上がる一方だった。自殺説、機械の故障、操縦ミスなどさまざまだったが、敵戦闘機に撃墜された可能性は一応記憶の端にとどめおかれた程度にすぎなかった。この最後の仮説は、如何ともしがたい事実にぶつかっていた。ドイツ軍もフランス軍も米軍も、いずれの側の資料もこの件については何も語っていないのだ。空中戦の形跡も、この日に同型の敵機を撃ち落したというドイツ兵の正式記録も、サンテグジュペリ本人からの緊急連絡もない……。その後の数年間は、実に想像力のたくましい説まで飛び交った。そもそも『星の王子さま』の作者は、こんな許しがたい世間から遠く離れ、誰にも知られない静かな修道院に身を隠すために、自分から姿を消してジュラ山脈かスイスのどこかに密かに着陸する計画だったのだ、と……。

一九七二年、ついに新たな説が出た。ドイツの雑誌『Der Landser（兵卒）』第七二五号にドイツ空軍の若き士官候補生、ロベルト・ハイヒェレが一九四四年八月一日に、パイロット仲間の友だちでノルマンディー戦線の上空で二度も撃墜されたことがあるヴィルヘルム・マンツ中尉宛てに書いた手紙が掲載された……。

「どうだい、戦闘機乗りさん？　最近の君の生活はあまり楽しいものではなさそうだ。爆撃機と護衛の戦闘機を向こうに回した第三帝国防衛の任務はきわめて厳しいものだろう。ノルマンディーは地獄のようだ。一週間に二度も撃墜されると、士気もすっかり失せてしまうにちがいない。このまま行けば、君はパラシュート降下で勲章を授かることになるぞ……」

本題はここからである。

ところが、このハイヒェレ士官候補生はヘーゲル軍曹と一緒に連日イタリア沿岸上空の警戒飛行にあたっていた当時の一九四四年七月三十一日に、ライトニングP—38との空中戦となり、この戦いに勝利した、というのだ。

「私はこの時、すばらしき鳥、フォッケヴォルフ190D9に乗っていた。同機は、ユーモ二一三水冷エンジンを搭載していた。これはちょっとしたものだった。離陸時には一七五〇馬力だったが、水とメタノールの混合燃料インジェクション方式により、瞬間出力を二二五〇馬力まで出せた。矢のように速く、どんな飛行機も追いつけなかった」。

「昨日私は、戦闘機パイロットの資格無しに、空中戦でライトニングを一機撃墜した。しかも、わが機は傷一つない……」

この特ダネ記事は、数年後にサン・ラファエル沖でサンテグジュペリの飛行機の残骸を探した捜索隊の指針にもされた……。

『Der Landser』誌はこの裏付けとして、任務から帰還したハイヒェレの手になる報告書を出版した。

「一九四四年七月三十一日、私はヘーゲル軍曹を伴い、マルセーユ、マントン間、及びその後背地域における敵陣形の活動を偵察する任務を帯びて（オランジュ基地から）十一時〇二分に離陸した。われわれは予定通りに任務を遂行した。帰還するためカステヤンヌ上空を飛行中、P―38に遭遇した。おそらく単独飛行中の偵察機と思われた」

「敵機はわれわれの一〇〇〇メートル上空を飛行中であったので、こちらから攻撃できる可能性は無かった。[原注1] きわめて驚いたことに、敵は機首を変更し、その位置から猛烈なスピードで攻撃してきた」

「われわれは最初の攻撃をかわし、一時的補助出力を駆使してらせん状に上昇した。銃撃戦の

原注1：傍点は著者。

中で、私はライトニングの後方一五〇メートルから二〇〇メートルの位置につけることに成功した。銃撃したが、距離が遠すぎた。P—38をとらえることはできなかった。何度も試みた後、もう一度敵の背後に回ることに成功した。この時の機銃掃射は、敵機を圧倒した。私の銃撃から逃れるためだろう、敵の飛行士は方向を変えると、急降下していった、私は追撃し、四〇メートルから六〇メートルの距離まで接近し、また撃った。すると、ライトニングP—38が白煙を吐きながら落ちていくのを見た」

「P—38は海岸線沿いに飛びながら、海面に向かって低空飛行していた。私は追尾を続けた。突然、右のエンジンが火を噴いた。右翼が海中に落下した。機体はぐるぐると回転し、海中に消えた。墜落時刻は十二時〇五分、サン・ラファエルの南約一〇キロ地点である。それから、われわれは基地に帰還したが、他の敵機には出会わなかった」

時を経て出てきたこの新事実は、これ以降サンテグジュペリ失踪の神話の一つに加えられることになった。この話は、これから見ていくように、このように古い事件を調査する際、それがいかに魅力的なものであっても、事件に関して得られたその他のすべての情報との検証無しには、唯一の証言だけを根拠にすることはできない難しさを如実に示している。事実、この証言は、文書の分析検証、事件との歴史的符合……そして、議論の余地がまだあるこのスクープのネタ元のその後の告白から、きわめて慎重に検討すべきである、とされたのだ。

順に見てみよう。ヴィルヘルム・マンツは『Der Landser』誌の編集長に、自分は当時ウデット（Udet）中隊の大尉だったと言明している。それは、一九四四年九月中旬になったかならないかの頃で、有為転変の挙句、陸軍病院に入っていたマンツは、ドイツ軍が連合軍のプロヴァンス上陸後にドイツ軍が撤退を始めた時期に行方不明になっていたハイヒェレ士官候補生から手紙を受け取った。ヘーゲルも亡くなっていた。

マンツは残念ながら、手紙の原本は「紛失」しており、したがって証拠を見せることはできない。われわれが検証に手をつけていた、いわゆる「公文書」がドイツ軍の記録に存在しているかどうかを確証すべきではないか？

『Der Landser』誌は信頼性のある雑誌であり、この記事を掲載した年もはっきりしている。「ハイヒェレ事件」が、総合誌に掲載された記事を通してドイツ国内で明るみに出るまでには、少なくとも九年の歳月を必要とする。フランスの有名な航空雑誌『イカール』は一九八一年春のサンテグジュペリ特集号（第九六号）[原注2]に『Der Landser』誌の記事の原文を掲載したが、そこで別の理由に驚きを見せている。

ハイヒェレのものとされる手紙と「報告」の詳細をより慎重に検証してみると、航空史家や戦闘機パイロットの見地からはどうしても疑問が生まれる。通称「ドラ」または連合軍の飛行士か

---

原注2：ハイヒェレの手紙のフランス語訳は『イカール』誌から引用した。

ら「長鼻」とあだ名をつけられた、単座型フォッケヴォルフ190D9がドイツ空軍戦闘機部隊に配備されたのは、一九四四年十月になってからのことである。『イカール』誌の編集長、ジャン・ラッセールがハイヒェレの登場に関する記事に書いているように、この飛行機が一九四四年の七月に飛ぶということはあり得ない。逆に彼は、航空史家のジャン・キュニー[原注3]の研究を信じるなら、一九四四年春の段階で、フォッケヴォルフ190ABに機銃および各種の機能を取り付けた、非常に限定された数の改良型試作機が存在していた、と明記している……。

「最高機密」に属する試作機が、偵察用として、戦闘機乗りの資格もまだ持っていない若い飛行士に任されるということがあり得るのだろうか？　もし、どれか一機でも連合軍の手に渡ってしまえば、すでにノルマンディー上陸作戦と、続くプロヴァンス上陸作戦によって激しく押し込まれていたドイツ軍にとって好ましくない結果となるだろう……。

　別の史料によれば「ドラ」の試作機の数は三機で、一九四四年の上半期に北部ドイツで厳重な監視の下に隠してあった。

　それでも、アメリカ空軍のライトニングP—38に究極匹敵するだけの速度と航続距離を持ったこの革命的な単座機に、ハイヒェレとヘーゲルが本当に乗ったとしよう。ハイヒェレの「正式報告」においてわれわれが引いた下線部分の経緯をいかに解釈するのか。

「敵機はわれわれの一〇〇〇メートル上空を飛行中であったので、こちらから攻撃できる可能性は無かった。きわめて驚いたことに、敵は機首を変更し、その位置から猛烈なスピードで攻撃してきた。われわれは最初の攻撃をかわし、一時的補助出力を駆使してらせん状に上昇した」

実上昇高度、つまりフォッケヴォルフ190D9の飛行最大高度は、まさに一万メートルで、P―38のそれと同じである……。両機とも速度では肩を並べている。[原注4] ハイヒェレが後述している「超能力」があれば、十分に戦うことができるし、到達不可能ではない高度にあったP―38の攻撃に使えたはずだ……。

文書の他の記述にも、証言の信憑性に大きな疑問の余地がある。なぜなら、こんにちでも戦闘機乗りの間で守られている空中戦のルールというものがあり、記述内容はそれに全面的に反しているからだ。

「敵は、その位置から猛烈なスピードで攻撃してきた」

戦闘機乗りなら誰でも、空中戦では「一対一」を前提とした戦いだけが、敵味方のどちらにも好ましい結果を期待させるということを知っている。「二対一」の空中戦では、往々にして単独

---

原注3：元戦闘機パイロットのジャン・キュニーは、一九一四年から一九六〇年までの戦争時における
フランスの軍用機に関する多くの著書を著わしている。

原注4：時速約六〇〇キロ。

で敵の一機を撃墜したとしても、多くの場合、同時に他の一機に撃ち落されてしまう。しかし何と言っても、この話の中には最も「あり得ない」、航空専門家なら一人残らず目を丸くするにちがいない部分がある。サンテグジュペリが操縦していた大型偵察機P―38は……武装していなかったのだ！

ライトニングの機銃は、パイロットが高高度から垂直に撮影するためにも、地上近くで水平に画像をとらえるためにも大変邪魔になることから取り外され、そこに撮影機器が設置されていた。単独で、しかも何の武装もしていない偵察機のパイロットが、たとえサンテグジュペリのようについ勘違いでもしたとして、重装備した敵戦闘機を二機も相手に戦いを挑むなどとはまず考えられないではないか！

どんな戦闘機乗りも、超能力機能があろうがなかろうが、敵に較べてはるかに速度が遅く、防御も弱くなる「らせん上昇」をもって敵の攻撃から脱しようとはしない。しかも、地表の起伏や海面をすれすれに飛行する急降下でなければ助かる見込みはない。

このヴィルヘルム・マンツの「証言」の結論として、彼が出した謝罪文らしきものをここに付け加えておこう。彼は、『Der Landser』誌の読者を騙す意志があったとは決して告白していないが、一九九二年になって初めて、客観的データを元にして「脚色」をほどこした事実を認める一通の手紙を書いている。また彼は、記事を掲載した雑誌は大衆誌で――専門誌ではなく――、第二次世界大戦を背景にした物語を読者に提供することが第一目的だった、とも述べている。要するに、空想話だったのだ。

マンツはこの手紙をフランス海洋開発研究所[原注5]（Ifremer）の研究者に密かに送っていた。この人物は、サンテグジュペリの飛行機について調べており、その参考のためにマンツに連絡をとっていたらしい。

「申し訳ありませんが、アントワーヌ・ド・サンテグジュペリに関して、何一つ補足説明をさし上げることができません。さぞ、失望されることでしょう。資料はこれ以上、全くありません。例の手紙[原注6]は、移転の際に大戦関係の資料とともに紛失してしまいました。手元に残っているのは、随分と古びてしまった、事実と言うよりもむしろ記憶の断片でしかありません。あの手紙と記事は、現実的背景に基づいて書かれた創作と言うべきでしょう。『歴史的事実』ではないのです。したがって、『資料』として扱うことはできません。サンテグジュペリだった『かもしれない』という可能性の上で、いわば接続法として表現されたものなのです……」

「戦後、私はロベルト・ハイヒェレの消息を探りましたが無駄に終わりました。彼の両親も兄弟姉妹も見つかりませんでした。彼の墓が、リヨンとブール・ラ・ブレスの軍の共同墓地にある

---

原注5：正式名称は、Institut Français de recherche pour L'exploitation de la mer

原注6：一九四四年八月一日に彼宛に出された手紙のこと。

ことを、あるフランス人から教えられたのはつい一年前の事です。何もかも、遠い昔の話であり、あの時代と現在の間には溝ができてしまっています。『Der Landser』誌七二五号の話は、つまるところ想像で書かれた歴史寓話的創作[原注7]であり、何ら確固とした出発点になり得るものではありません。

敬具

ヴィルヘルム・マンツ」

　戦争が終わって以来、サンテックスの乗っていたP—38の捜索はあらゆるところで行なわれた。南西部フランス、アルプス山脈、ヴェルドン渓谷、そしてとりわけ地中海のアンジュ湾、ニースとサン・ラファエル沖で。何ともはや、マンツの告白にもかかわらず、ハイヒェレの「証言」を真に受けて、莫大な費用のかかる捜索活動がサン・ラファエル沖で幾度も続けられた。マンツは手紙に、遠まわしだがはっきり書いている。

「ロベルト・ハイヒェレは明らかに、ニース—カンヌ—サン・ラファエルの位置関係を、もっと西にあるアンティーブと混同していた可能性があります……」

　この物語を通して私たちが出会うことになる数多くの登場人物たち、とりわけコメックス社社長のアンリ・ジェルマン・ドゥローズやジェオセアン社社長のピエール・ベッケールなどは、これらの海域で数カ月間、先端電子機器を駆使してサンテックスの飛行機を探しまわった。もちろん、無駄に終わっている。

十指を数えるフランスの調査団による六十年間もの空しい調査活動であったが、ついにそれを起死回生に導いた男が出現した。リュック・ヴァンレルである。彼こそが、マルセーユ港から数百メートル、ソルミウー・カランクの沖にあるリウー島《訳注》のすぐ近くの水深八七メートルの海底に眠っていた、かの有名な作家兼パイロットの飛行機の破片の、正真正銘の発見者である。

第二次世界大戦の最大の謎の一つの痕跡を求めて、地中海での調査が行なわれてきたが、唯一この場所だけが探されずに残っていたとは！

まずは、海底考古学に魅せられたこのプロダイバー兼写真家が、どのようにしてこんなにも深い海底で、遺物を発見するに至ったのかを説明する必要がある。引き揚げの決定が下されたそのはるか以前に、彼はどのようにして、ばらばらに散逸した機体の破片を確かな方法をもってそれと特定することができたのか。ここにもまた、数々のドラマがあった。

---

原注7：傍点は著者。
リウー島：マルセーユ沖数百メートルに浮かぶ無人島。長さ二キロ、幅五〇〇メートル。自然保護地区に指定されている。過去には沿岸警備隊監視所として使われていた。一九五二年にジャン・ジャック・クストーがローマ時代の壺を発見して以降、海底考古学上の重要地域に指定されている。

# 第8章

## 第一幕、ヴァンレル

リュック・ヴァンレルの一家はマヨルカ島の出身である。つまりは先祖代々、海に生きてきたということを意味する。二十世紀のはじめ、一家はフランスに移り住んだ。

リュックは、一九五九年にマルセーユのポワント・ルージュに生まれた。彼が潜水に魅せられるようになったのは、父トニーの影響である。トニーは旧式の潜水夫だったが、アクアラング潜水のパイオニアでもあり、ギリシャ、ローマ時代の遺物を数多く発見したアマチュア考古学者でもある。そして八十歳近くになった今でも、年に一〇回は海に潜る。この父親がリュックに潜水を手ほどきした……。詳しくは、リュック本人の話を聞くのが一番だろう。

「私は、小さい頃から毎日、海ですごしていた。海水パンツひとつで、素足で、浜辺で遊ぶか、海に浮かんだり潜ったり、真っ黒に日焼けしていた。魚を見たり、釣りをしたり、とにかく海の中が大好きだった。最初は、素潜りから始めた。一九六五年、五歳の時、父が圧搾空気を注入できる栓と圧力調整器を付けた小型ボンベを作ってくれた。父は私にアクアラング潜水を教えることにしたのだった。それと同時に、潜水夫根性も叩き込まれた。『鉛底の靴』を履いた昔の潜水夫のように、ロープでつなげられ、船の上の父に自分で何とかするんだ！　と言われて、五メートル下の海底に投げ込まれた。これが、潜水夫としての洗礼だった。だが、この深さはいつも素潜りで魚を追いかけていたところだった。私は、大したことはないじゃないか、と思った。あれこれ道具を身に付けて潜るなんて、かえってわずらわしい。しばらくして、その考えは変わった……」

「翌年の夏、私はサルジニアで生まれて初めて古代の遺物を発見した。父は海底四〇メートルの辺りで沈没船を捜していたのだが、私はそれ以上行ってはいけないと言われていた海底台地の上を探っていて船の残骸を発見したのだ。このようなわくわくする体験を数年間味わう内に、精密な観察眼を徐々に習得した。海底を見渡しながら、変わったもの、異常なものを認識できる能力だ。これもすべて、父のおかげである」

「ずっと後になって、八十年代には、国立プロダイバー協会（ＩＮＰＰ、ダイビング・スクール）の教官、ジャン・クロード・アルフォンソと、フランス海底研究・スポーツ連盟の教官、ダニエル・マジョーの二人の仲間とともに、特にカランク[訳注]地帯沖のリウー島北東、八〇メートルから八五メートルの理想的な海域で実習を重ね、私も深海調査の分野の実力を培った。この深さにしては珍しいくらい美しい海底だ」

「父は、海綿や珊瑚の採集に従事していた頃、この海域で飛行機を見たことがあると私たちに言った。父の記憶はあまり定かではなかった。そばに行って触ってみたわけではないが、かなり大きい機体だったことだけは憶えていた。戦争が終わった後、けっこう飛行機の残骸が転がっていたのだが、それほど重要視されなかったのだ。にわかに興味が湧いてきた。父が見たという、まさにその飛行機をもう一度見つけられないものか？」

「ダイバーは、電子機器が使えない。ソナーも測地計も持たない。色の違いをグレーの濃淡でしか判断できない深さの暗い海底では、珊瑚採集者は、八月十五日から十月十五日までの海水が特に透明な時期に、特徴のある形をした岩を目印にして作業する。岩の下で採集した珊瑚の朱色は、海面に上がってからでなければその鮮やかさは分からない。父は、昔の目印からおおよその場所の見当をつけていたが、原始的な装備と機能性の低い潜水服しかなかった開発初期のやり方を再現しなければならない。すると、過去のルートだけを頼りにしていたのでは設定目標から三〇〇メートル以上もはずれてしまう」

「目標を定めるために、私は父と一緒に働いていた昔の仲間の話を聞いた。彼は、その場所の風景を絵に描いてくれ、そこが水深八七メートルの所だと特定した。私は、すぐにその場所をソナーで探知した。そして見つけたのは……沈没船の残骸だった！　船は現代のもので価値はなかったが、他にも十六世紀の遺物とかローマ時代の遺跡が見つかった……。この場所は、考古学的には非常に恵まれている。私はついに、飛行機の破片を見つけるようになった。ダニエル・マジョーがアメリカ製の酸素タンクを引き揚げた。これが最初の手掛かりになった。これ自体にあまり意味はなかったが、この話は珊瑚取りたちの間に知れ渡った。突如、みんなが興味を持ち始めた。かくして、酒場では飛行機の話が伝説化していく。みんな大きな米軍機の残骸を頭に描いていた。B―17四発機かもしれないぞ、などと。

「ダニエル・マジョーとジャン・クロード・アルフォンソは十六世紀の遺物調査に専念し、ジャン・クロードは一九九一年に学会に正式発表した。私は、ここから深海探査の道が開けると考え、調査を続けた。私個人は、その後、ビュー・ポール（マルセーユ旧港）を塞いでしまったマルセーユの鰯[訳注]のようになっていくこの有名な飛行機の残骸を、いつかは自分が発見したいものだと自らに言い聞かせながら、海中撮影の腕を磨いていた」

「私は破片を見つけては次々と目印を付けていったけれども、問題の飛行機のものではなかっ

---

カランク：地中海のマルセーユからカシスにかけて広がっている、石灰岩の尖った岩に覆われた沿岸の峡谷。海の水位が低下する海退期に、川が流入して固い岩を浸食してできた谷が、海進期に水没して形成された。この斜面の内部に、水没した先史時代人が出入りしていたいくつもの洞窟（コスケール洞窟）があった。一九八五年からカシスのダイバー、アンリ・コスケールによって踏査され、一九九一年九月に旧石器時代の彩画と刻画が発見された。

た。それらしい破片の写真を見せる度に、父はこう言うのだった。『サンテグジュペリの飛行機のじゃないことだけは確かだな？』もちろん、確かだとも！　われわれの探している所にはないのだ。そして、アンジュ湾内の東を探すようになった」

「こんな深海を行くダイバーは、操縦席のイメージを頭に描くもので、破片などには全然興味をそそられない。歴史学者に写真を送り、協力を頼んだこともあったが、これも冷ややかな反応だった。『お気の毒ですが、このように付着物だらけの試料は扱っておりません』ときた。連中は丘とか山には出かけて行くが、海の底には関心がないのだ」

「それからは何の変化もなかった」

「時が経つ。私は本職の方で忙しくなっていた。私は十九歳の時に、父と潜水用具の製造販売の会社を立ち上げていた。それが後に、私が経営する海底・僻地探査と水中写真を専門とする会社、インマドラス（IMMADRAS）になった。私は技術的な経験を通して科学、生物学そして特に考古学の分野に近づいていった」

「一九九四年以降、私の活動の大部分は文化省の要請による、特にコスケール洞窟での考古学調査に中心が移った。これは石器時代の洞窟で、入口は海中にあり、マルセーユのモルジウー岬の近くにあるトリップリー・カランクの少なくとも三七メートル下に、サイフォン形状に位置している。最後の氷河期には入口は海岸から五キロ、高さおよそ九〇メートルのところにあった。こんにちでは海面から三七メートル下にある。一九九一年にダイバーの、アンリ・コスケールが発見した。それから、旧石器時代の二期――二万七千年前と、一万九千年前――に描かれた四〇〇点以上の洞窟壁画が確認された。一一六メートルにわたる長い回廊の奥に互いに通じる二部屋がある。海退期に露出された一部である。より古い年代のものには黒と赤の地に白抜きにした手形（六五点）が含まれる。後期の時代のものにはウマ、ヤギ、野牛とカモシカやシカ科の動物や猫の頭部やサイガ・カモシカが一緒に描かれた動物の彩画と刻画（約一七七点）が残されている。壁画に描かれたものの中に、アザラシやペンギンなどの海洋生物が見られるのは非常に珍しい」

「私にとってこれは、朝早くから現場に行き、夜遅くに帰る、すべての時間を費やした仕事であり情熱であった。私は、限られた装備で、水の中で作業し、頭上では漁船が行き交っていた」

「サンテグジュペリ？　自分が彼の存在に近づいていたことにはまるで気がついていなかった」

第一幕はここで終わる。次は、長年にわたって作家の飛行機を探してきた研究者たちにどのような事が起こったのかを見ていこう。

---

マルセーユの鰯：十八世紀、地中海最大の商業都市マルセーユで、強風ミストラルに襲われた船が港の入口で難破し、交易が途絶え、マルセーユはパニックに陥った。難破船の船主はサルティヌという有力貴族だったが、「サルティヌが港を塞いだ」と言う噂がいつの間にか「サルディヌ（鰯）が港を塞いだ」に変わり、「マルセーユの鰯」として伝えられるようになった。難破船は、豚五〇〇〇頭の膀胱を浮き袋にした、文盲の船大工モリナーリ某のアイデアで救われた。

# 第9章

戦争は、海中だけでなく陸上にも多くの残骸を残しており、そのいくつかは振り返られることもなく消えていった。地上にうち棄てられ、押しつぶされた飛行機は、くず鉄屋で解体される。アルミニウムはリサイクルの効く貴重な金属だ。行方知れずになった機体は、腐り、土中に埋もれていった……。

海中で大破し、貝などが付着し、パイロットの墓場と化したライトニング機の調査活動に関しては厳しい規制の対象になっている。地中海では、周期的にサンテグジュペリの亡霊が出没する。一九八三年、他ならぬライトニング機が一機、引き揚げられた。しかしこの飛行機を操縦していた米第一空軍のトーマス・マローニーは墜落時に脱出していた。パイロットの大部分は、空中戦で戦死しており、海中には眠っていない。死を免れた者は搭乗機から脱出し、アメリカに帰還している。十年後の一九九三年、アルミニウムとライトニング機のボルトやナット類が混じった物体が、ジアン湾[訳注]で確認され、海軍のフォジェール提督から、チェス、地図、クレヨン、さらに一九四四年七月三十一日のコルシカの地方紙まで入ったカバンが近辺で発見されたと発表されると、またもや『星の王子さま』の作者の飛行機か?と話題になった……。想像を逞しくしすぎるのは間違いのもとだ。サンテグジュペリのチェス盤はボルゴ基地の将校室に置いてあった。それは、一九四五年一月に彼の母親の請求が認められ、空軍の個人資産目録に記載されている。彼はチェス盤を二つ持っていて、その一つを機内に持ち込んでいたというのか?

**マンドリュー・ラ・ナプール**[訳注]にあるアエロ・ルリック（**Aéro-Re.L.I.C.**）社の創設者で、歴史学者のフィリップ・カステヤーノが、サンテグジュペリの行方不明の謎に興味を持ち始めたのはこの時期である。彼は、年齢的にはまだ若かったが——当時、三十一歳になったばかりであった——戦争で撃墜されフランス南部の海、平野、山に墜落した飛行機の探査と研究に関する優れた専門家であった。彼は、シャンパン・メーカーの**ロデレール**社[訳注]からサンテグジュペリに関する事業の

---

ジアン湾：マルセーユの東、シオタとサントロペの中間にあるジアン岬の海。

マンドリュー・ラ・ナプール：南仏コートダジュールのカンヌ南西にある、人口二万人に満たない小さな町。プロヴァンスを代表するミモザの花祭りが毎年二月に催される。十四世紀に建てられたナプール城で知られ、城を買い取ったアメリカ人の画家・彫刻家のヘンリー・クルーズの作品が展示されている。

後援を受けているフランス海洋開発研究所（Ifremer）とつながりがある。サンテグジュペリの飛行機発見を目的としたカステヤーノの最初の海底調査は、一九九四年一月に、カシスの東、シオタ湾で開始された。

ヴェルト島[訳注]の北東の海底からトロール船で曳航されてきたP―38ライトニング戦闘機の残骸が沈む水深三七メートルの海底現場に全員が潜って行った。機体の登録番号を刻した番号札を探す潜水作業が何度も行なわれたが、残骸は仰向けになっており、肝心な秘密を明かしてくれそうな状態にはなかった。というよりは、切り裂かれ、ねじれ、トロール網の切れ端が幾重にもからみついており、ほとんど判別不可能だった。

アエロ・ルリック社が、操縦席部分を確認するために機体を引き揚げるローヌ河口での海事事業の認可を得るには少なくとも三年はかかる。

シオタ湾の辺りについては、ここにこそ問題の残骸が見つかりそうだと、もっぱらの話であったのだが？

「ちょうどそんな時だった、――フィリップ・カステヤーノが語る――一九九七年の五月十日、ピエール・ベッケールと出会って、彼からマルセーユの網元、ジャン・クロード・ビアンコの事を聞いたのは」

ジャン・クロード・ビアンコとロベール・ビアンコの兄弟が所有する青と白に塗ったトロール船「ロリゾン号」が調査現場の浮台に使える、と言う。アエロ・ルリック社は、考古学に熱心なツーロンのダイバー・グループ、グラン（GRAN）[原注1]と協力して仕事をしている。

「私たちは、シオタ湾のＰ―38の残骸の調査から始めたが、何も特定するまでには至らなかった」。裏返しにする作業で、残骸が三つに壊れてしまう。アリソン型Ｖ‐12エンジンと、三枚プロペラが無くなってしまった。出したままロックされていたらしい着陸用車輪の状態は、不時着水の準備にはまったく該当しないと見受けられ、これがダイバーの興味を引いた。「生き証人」がいない以上、これが武装した飛行機なのか、写真撮影用偵察機なのかを判断するのも不可能である。

一九九七年の十二月と一九九八年の一月、カステヤーノはシオタ湾で、非常にいい状態のＰ―38をもう一機発見した。調査隊員のダイバー、マルセル・カミエリはすぐに、この飛行機はア

---

ロデレール社：フランスの有名なシャンパン・メーカー。一七七六年にシャンパーニュ地方のランスでデュボア父子が創立、一八八三年からルイ・ロデレールが事業を受け継いだ。ロシアのロマノフ王朝が最大の顧客であった。現在ではカリフォルニアのロデレール・エステートやポルトガルのラモス・ピント社などを所有している。自社で栽培した品質の高い葡萄を使用してシャンパンを醸造している。同社の「クリスタル」は世界で最も有名。

ヴェルト島：シオタ湾に浮かぶ無人島。長さ四三〇メートル、幅二六〇メートルで中央の丘にサン・ピエール要塞があったが、第二次大戦で破壊された。冬季は島への船の便はない。

原注１：グラン（GRAN）.Groupe de Recherche en Archéologie navale（海洋考古学研究グループ）

メリカ人パイロットのハリー・グリーンナップ中尉と同じ米空軍パイロット、ジェームズ・ライリー中尉が乗っていた偵察機だ、と言った。二つの機体は一九四四年一月二十七日に同時に撃墜されていた。ドイツ空軍の戦果記録には、同じ日にP—38を三機倒したことが記録されている。グリーンナップ中尉は無事、着水に成功したが、搭乗機は沈没し、彼は戦争捕虜になった。ジェームズ・ライリーは、機体とともに海に呑み込まれてしまった。この歴史的発見に力を得たカステヤーノは、「彼が見つけた」謎のP—38こそライリーのものではないかと考えた。しかし、特定はできない、あくまで推測だ……。

数カ月が経過した。アエロ・ルリック社は、サンテグジュペリに関してはこれといったものは何も発見できなかった。しかし、カステヤーノはすべての情報に注意を怠らなかった。

一九九八年九月、ついに、すこぶるつきの大発見が突如やってきたのである！

これは、新聞の大見出しになった。

この冒険物語のヒーローは、マルセーユの漁師、ジャン・クロード・ビアンコである。海に生きて、もう何年になるだろう？　三十年？　四十年？　いつも一生懸命働いてきたし、仕事には自信を持っているが、そろそろ引退の時が近づいていた。華やかな脚光を浴びるなんて、まったく考えたこともなかった。それが、である！　あの記念すべき日は、こうして始まった……。

九月七日月曜日、午前五時。漁船員がもやいを解き、ロリゾン号はマルセーユの旧港《ヴュー・ポール》の西にあるエスタックの母港ソーマティから出港した。強い東風が暗雲を運び、荒れた海に吹きつける。漁は仕事だ。気分がのらないのどうのと言ってはおれない……。南東、リウー岬方向に進路をとり、網の準備にかかる。無人島群最大のリウー島に次いで石灰岩の島、ジャールを過ぎる。逆風に向うトロール船は一時間半後、岩石群「アンペリオー」の前の海域でエンジンの回転を停止した。岸は少なくとも二海里は離れていて、見えない。

船首にある厨房で、漁船員は朝のコーヒーを飲んでいたが、船長室にいるジャン・クロードと副漁労長のアビブ・ベンアモールは悪天候を罵っていた。トロール網を流すのは西から東（コンパス方向一二〇度）へ、シオタ湾のヴェルト島の南西から少なくとも二海里離れたベック・デーグル（鷲の嘴）の信号塔に設置されたカシデーニュの航路標識までの予定である。それから、測深器では水深一二〇メートルの出発点（コンパス方角二七〇度）に戻る。霧笛が鳴らされ、漁船員に作業開始を告げる。船尾に張り出したアームの歯車が回り、二本のケーブルが降ろされ、同時にトロール網と二枚の潜行板はすでに海底に到達している。フィリップ・カステヤーノが解説する。

「トロール漁はどこで行なってもいいというものではない。沿岸の漁業規制区域から離れた深い水深の海域でも、禁漁区域がある。軍管轄海域の場合もあれば、危険物が沈んでいる可能性がある場合もある。コンクリート・ブロック、船、飛行機、機雷などだ」

これまでロリゾン号の網にも、ドイツ軍の機雷の係維索[原注1]——爆発物処理班が「爆発」させたが――、ローマ時代の壷、ダイバーが失くした酸素ボンベ、くず鉄、飛行機や各時代の船舶の残骸、数え切れない数の古タイヤ、壊れた自転車、空き缶など、色々な物が揚がっている」

マルセーユ沖の真西、プラニエ方向にあるリウー無人島群に向かう途中に、灯台が立つ小島がある。取り舵一杯。ロリゾン号は一路、カシデーニュに進路をとる。そこでトロール網を引き上げるのだ。叩きつけるような雨の中で水力ウインチが動き出す。不漁だ。網の中で魚がぴちぴち跳ねる。古タイヤ、空き瓶、鉄くずが転がる……。帰港だ。まだ小さい魚は海に返し、残りを木箱に詰める。副漁労長のアビブが黒ずんだ塊を手にした。それを海に投げ捨てようとした瞬間、何かがきらりと光った。宝石かな？　彼は塊を万力に挟み、硬い殻を小さな金槌で割った。むかつくような悪臭がした。付着物と腐った生物組織の中から、ちぎれたブレスレットが出てきた。黒くなっているが名前が刻んである。どうも銀製のようだ。

ロリゾン号は港に向かう。

「後ろは異常ないか？」

ジャン・クロードが確認する。副漁労長が言った。

「こんなものを見つけました」

数分後、船の厨房で、汚れをふき取りきれいにしたところ、刻まれた名前が読み取れた。アントワーヌ。ジャン・クロードが、あははと笑った。

「多分、地元の漁師のものだろう。アントワーヌと名の付く奴はみんな運が悪いからな！」

彼の洗礼名が、アントワーヌだ。今は亡き曽祖父も、である。しかしながら、あまり人気はないが、アントワーヌ・ド・パドゥー[訳注]もいて、失くした物を見つけ出してくれる聖人である。突如、フルネームが見えた。アントワーヌ・ド・サンテグジュペリ……。

「とんでもない大当たりだ！」

続けて、コンスエロの名前が判読できた。作家の妻の名だ。その前に、こう刻まれてあった。

「アメリカ合衆国、ニューヨーク、四番街、三八六番地、レイナル・アンド・ヒッチコック方」。

『星の王子さま』のアメリカの出版元の住所である。ジャン・クロードには、この詳細が発見の真正さを証明することがよく分かっていなかった。彼はアビブに、網に他の物がかかっていなかったか確かめた。副漁労長は、デッキを掃除した後、いつも通り金属類は海に棄てた、と答えた……。

この腕輪をどうしたものか？　ジャン・クロードは港の魚市場に向かった。弟がそこで魚を

---

原注1：水中機雷を係留するケーブル

アントワーヌ・ド・パドゥー：十三世紀、フランシスコ会の聖人（一一九五〜一二三一）。アッシジの聖フランシスコにアントワーヌの洗礼名をもらった。モロッコで布教に努め、多くの異教徒を改宗させたことで有名。神学者としても優れ、聖フランシスコ亡き後、北イタリアの管区長を務めた。十七世紀以降は、失くした物が出てくるご利益がある聖人と信じられるようになった。魚と話ができたとか、赤ん坊のイエスキリストを抱いたとか、の言い伝えもある。

売っている。しかし、話をする時間はなかった。彼は、家に帰り妻のミッシェルに事の次第を話した。最初、妻はこう言った。おじいちゃんの記念として孫にあげたら……でも、とりあえずはサンテグジュペリの話に詳しい人に相談した方がいいのじゃないかしら。

ジャン・クロードは友だちの、オーバーニュにある海底作業を専門にするジェオセアン（Géocéan）社社長のピエール・ベッケールに電話した。秘書が出て、インドネシアの海底の天然ガスパイプ建設現場で事故が起きたばかりで、社長は現地に向かったと言う。ビアンコはそこで、自宅から五分の所にあるマザルグのコメックス（Comex）社社長、アンリ・ジェルマン・ドゥローズに相談することにした。その日のうちに電話連絡がとれ、海で銀のブレスレットを見つけたんだが、と言った。ドゥローズは、何の話かいぶかった。

「そういうことは、あまりない話だな。で？」

「でも、板の部分に、アントワーヌ・ド・サンテグジュペリの名前が彫ってあるんですよ……」

答えが返ってこない。

「ドゥローズさん、聞いてますか？」

「あっ……ええ！　もう一度言ってくれないか？」

翌日の一九九八年九月八日、コメックス本社で会うことに決まった。ライトニングP―38の残骸は、間違いなくリウー―カシス間の海域に沈んでいる。ドゥローズは、直ちに調査に着手しようと考えた。電話を切る前に彼は大声を上げた。

「シラク大統領とシャンパンで乾杯だ。それからマルセーユに凱旋だ。あなたはブレスレットを持って、私は飛行機を担いでね！」

次の日、朝のうちにビアンコがやって来た。アンリ・ドゥローズは、会社の総務部長で社長秘書でもある娘のミッシェル・フリュクテュスと一緒に迎えてくれた。

ブレスレットを吟味した後、ドゥローズはビアンコに、来たるべき調査活動のための相互協定の策定を提案した。

「（中略）発見物は、いかなる場合においても、サンテグジュペリの遺族に対して営利目的に使われてはならない。本件は完全なる倫理的文脈において扱われるものである」

「両者は、残骸の調査及び正式確認のために協力し、ドゥローズはビアンコの要請に対し、海底調査のために最新の手段を提供する」

「発見が確認されれば、両者は共同発見者となり、以下の活動は全てドゥローズに一任される。

(1) サンテグジュペリの遺族、フランス国家当局、メディアとの渉外活動。

(2) 残骸の調査及び確認のために両者が費やした経費の補償のための資金提供者との渉外・合意の活動。

「両者は、発見の確認とメディアに対する発表の時点まで秘密厳守を維持する」

ブレスレット発見の発表——これはコメックス社に任されていた——は、飛行機の残骸が発見されない限り、正式には行なわないことで合意した。メディアをよく知るドゥローズは、そうしなければ落ち着いて調査が進められなくなるのが分かっていた。

これが、ビアンコとドゥローズがブレスレットの発見の公式発表を遅らせた最大の理由である。フィリップ・カステヤーノが語る。

「この時点で言える確かなこと、それは二人の間で交わされた合意書が、非公式なものであっても、ブレスレットの発見がいずれにせよどこかの時点で明らかにされる以上、双方互いに隠し事をしたり、背任行為をしたりする意志がないことを確認するためのものだったということだ」

ビアンコの同意を得て、ドゥローズはブレスレットを自宅の金庫に保管した。その時期が来れば、メディアにすべてを発表するその前に、彼はアントワーヌ・ド・サンテグジュペリの権利保有者にこの事を知らせるつもりであった。

それが誰かと言えば、この時機に遺族を代表していた作家の甥の息子、フレデリック・ジロー・ダゲーである。父親はジャン・ジロー・ダゲー、サンテグジュペリの末の妹、ガブリエル・ド・サンテグジュペリの息子である。妹は、一九八六年八月四日にフレジュスで亡くなっていたが、兄弟の中で唯一彼女だけに子供がいた。フレデリックが、「アントワーヌ・ド・サンテグジュペリの作品と名声のための会社」[訳注]を通して、サンテグジュペリ・ダゲー一族に帰属する作家の遺産・著作権を管理していた。

ドゥローズは一方で、ブレスレットの存在と、ビアンコと交わした合意書について海事当局に報告したが、これは今後コメックス社の船舶、ミニベックス号の海上往来にお墨付きをもらうためであった……。フランスの法律では、文化的あるいは歴史的な発見はすべて、四十八時間以内に所轄地域（「区域」と呼ぶ）の海事当局に申告しなければならない。申告者はその時点で「発見人」の資格を有し、発見物の価値に応じた報償を得ることができる。

ブレスレットは、金銭的には銀の重量に相当する価値しかない。だが、その文化的価値に関してはは議論の余地がある。歴史的価値はどうか？　これは間違いない……。これが基本的に、任務中の軍人に属する個人的所持品であることから、フランス当局は漁船の船長に対して、所定の時間内に申告を怠ったことを叱責することも考えられる。

しかし、ビアンコはしばらくの間は、夢見心地であった。

一九九八年九月九日、ロリゾン号は発見場所に近い海域に船を出し、二日前に船から投げ捨

---

「アントワーヌ・ド・サンテグジュペリの作品と名声のための会社」：正式名称は**La Société Civile pour l'Œuvre et la Mémoire d'Antoine de Saint-Exupéry**で、作家の作品（小説、詩、デッサン、翻訳、引用）の使用権を管理する民間会社。ガリマール書店と提携し、全世界の国における著作権管理を行なう。サンテグジュペリの著作権は、基本的に死後七十年まで保護されるが、フランスでは特別に三十年延長されており、また第二次世界大戦に参戦した国の場合はさらに二年付加され、最終的には二〇五一年にならないと著作権は開放されないことになっている。

てていた断片や凝結物——飛行機の破片かも知れない——の回収を試みた。

するとまさに、アルミニュームの鋲が打ちつけられた、五〇センチメートルほどの長さの航空機の破片らしいものが二枚、網にかかったのだ！　この海域に、F—5B、機体番号4268—223の残骸が沈んでいることが次第に明白になってきた……。

ドゥローズは破片を回収した。墜落地点付近の測深準備にかかり、ロリゾン号は漁のためにマルセーユ沖を南下して行った。新しい発見である。アルミニュームの破片！　長さ五〇センチ、幅一五センチ、厚さ五センチ。翼の前縁の部分と、後縁の部分だ。ドゥローズはうっとりとなった。この発見が、続いて行なわれたカランク地帯とプラニエ島の海域調査活動を方向づけた。

ここで、フィリップ・カステヤーノが登場する。

# 第10章



一週間後の一九九八年九月十六日午前八時、アエロ・ルリック社社長のフィリップ・カステヤーノがオフィスのドアを開けるや否や、電話が鳴った。インドネシアから戻ってきたジェオセアン社社長のピエール・ベッケールからの電話だった。

「ビアンコから、サンテグジュペリの名前が彫ってあるブレスレットを見つけたと聞いた。ドゥローズは、P—38の残骸を探しに海に出ている。もう、一日や二日で片付く話ではなくなった。あなたの手助けが欲しい、と言っている……」

三日後、カステヤーノはドゥローズの事務所でベッケール、ビアンコと会った。

「ピエールが、現場作業の進行状況と技術的考証に関するこの事業における私の（コメックス社の）仕事をアエロ・ルリック社とつないでくれる」

カステヤーノとコメックス社社長との、初めての正式な接触だった。ドゥローズがブレスレットを取りに行く。赤い蛇皮の小さな袋を持ってきて、中からブレスレットを取り出し、ベッケールに手渡す。ベッケールはしげしげとながめた後、カステヤーノに渡した。

「こんなにも歴史の重みを背負った品物が、私の手の中にあるなんて不思議な感じがします。数グラムの貴金属に神話の全ての重みが詰め込まれている。これも、信じられない。名前が刻まれた小さめだがけっこう分厚い板の右側につながる鎖の一つ目で、環が切れている」

ドゥローズは、目下マルセーユとカシス間の海域をトロール網で広く長く探っている。サンテグジュペリのP—38の残骸は、ばらばらになった状態で何十年もさらされてきたにちがいない。この海域では、一九四四年の一月にP—38、P—47、P—51が次々と墜落し、サンテグジュペリ司令官の中隊員だったアンリ・レイとラウル・アグリアニの二人の大尉が戦死したことも忘れてはならない。ここは、戦前、戦中、戦後にかけて墜落した飛行機が散逸する広大な海の墓場なのだ。

「もう、一日や二日で片付く話ではない！」

ベッケールのこの言葉には、熱いものが溢れていた。なるほどその通りになった。それからの数カ月、カステヤーノ、ベッケール、ビアンコ、ドゥローズたちは、期待と失望を交互に味わった。飛行機の残骸は次々に見つかったが、船体の破片も多かった。暗中模索の日々の中、少しずつ前進していた。

一九九八年十月の終わり、心機一転、カステヤーノは航海日誌にこう書いている。

「これを書きながら、私は真に建設的な仮説を立てることがどうしてもできない。今夜は眠れそうもない」

彼は、衝かれたようにこう自問している。
(1) われわれが探しているライトニングP—38の残骸が、結局はシオタ湾海域にあっても不思議ではないではないか？ ここではすでに、P—38が二機、みつかっている。ところが、シオタ湾の残骸発見と、アメリカ軍中尉のジェームズ・ライリーの搭乗機の破片を発見した船長の話を総合すると、双発機はベック・デーグル（鷲の嘴）沖の水深六〇から七〇メートルの海底に沈没していることになりはしないか？
(2) 一般的に、（陸上の）墜落の場合も、破片を回収するには墜落地点から離れる必要があるではないか。まさにドゥローズがあの日行なったのは、ブレスレットを引き揚げた場所のおおよそのデータに拠るものだった。もっと陸に近づくべきではないか？ これはあくまで理論上の話である。しかし……
その頃、カステヤーノは推測をたくましくしては、あれこれ思い巡らしていた。地元のマスコミが、事態を嗅ぎつけ始める。十月二十六日、『ラ・レートル・シュド・アンフォ（南仏通信）』

紙に初めて記事が載った。「噂」という見出しの記事は、サンテグジュペリの所持品である装身具が発見された状況と、発見したマルセーユの漁師がコメックス社に預けた、と書かれていた……この情報は、まもなくフランス・アンフォ（フランスのノンストップのラジオニュース番組＝訳者注）からラジオで広まっていく。

アンリ・ドゥローズにラジオ局のユーロップ1から問い合わせがあった。真実を話すしかないではないか？

相続権保有者からの反応は速かった。フレデリック・ジロー・ダゲーが電話をかけてきた。ドライな口調だった。サンテグジュペリの甥の息子は、基本的に話し合いを受諾したが、それはブレスレットを受け取るのが目的であった。

ドゥローズは次のように応じた。

「お手にとってご覧いただくことはできますが、お渡しすることはできません。私は発見人ではありませんし、そちらに所有権があれば海事当局から渡されることになると思います」

この電話での会話の後、「アントワーヌ・ド・サンテグジュペリの作品と名声のための会社」社長からコメックス社社長の所にファックス・メッセージが送られてきた。

「相続者にとって、叔父のブレスレットが見つかったという知らせは大きな驚きでした。私たちは大変感動しましたし、彼の飛行機がプロヴァンス沖で海中に墜落したことを示す、唯一初めての証しでもありました」

「たとえ歴史的意味は大きくても、やはり純粋に家族的な品物なのですから、それを発見したのであれば、新聞に報道される前にせめて電話の一本か手紙ででも、ひと言知らせてくれていただいていれば、とてもありがたかったと思います。当方が遺族であることを示す物を確認された上で、このブレスレットを正式承認するべく、またアントワーヌ・ド・サンテグジュペリの飛行機の残骸の捜索を継続するためにも、必ずお目にかからねばならないと存じます。

署名：フレデリック・ジロー・ダゲー」

三日後、『ニース・マタン（朝刊ニース）』紙が相続者の意向を伝えた。

「サンテグジュペリを起こさないで！」

一九九八年十月三十日、機体捜索のために検討した新しいルートがすっぱ抜かれ、すべての新聞に載ってしまった。カステヤーノは、これには最高に頭を悩ました。所属不明のP—38の残骸がシオタ湾内に存在すると分かったら、認識番号が周辺に埋もれているかもしれない現場に、熱心なダイバーが寄り集まってくる。

ブレスレットが発見されて以降、カステヤーノは興奮すると同時に当惑もしていた。数カ月前、ライリーの搭乗機を確認した彼自身の作業を再検討すべきかどうか迷っていた。しかも、現場にも、近辺にも、一切の武器・弾薬が発見されなかったわけで、残骸はサンテグジュペリの飛行機とまったく同じだが、別のP―38偵察機だったと考えられなくもない……。

マルセーユは大騒ぎになっていた。市長のジャン・クロード・ゴダンはドゥローズを祝福し、ブレスレットを博物館に展示する意向だ、と発表した。しかし、サンテグジュペリの遺産相続人側から、二十四時間以内にフレデリック・ジロー・ダゲーに戻すよう催告があり、さもないと、あらゆる法的手段をもってでも差し押さえる、と脅しまでかけられてきたので、コメックス社社長は、市への寄贈を丁重に辞退した。

「関係当局の命令に従い、私どもは本日をもって、この装身具をブーシュ・ド・ローヌ海事局長のボッタラ・ガンベッタ氏に預託いたしました。また当局から、軍の資産である飛行機の捜索をすべて中止する旨、申し渡されました。私といたしましては、これを軍事的というよりは、歴史的な物件と解釈しておりますが、しかしながら……」

「海洋での文化資産（第五二三条）」の受領証には、コメックス社に対して、「アントワーヌ・ド・サンテグジュペリに帰属すると思われる銀製のブレスレット、および付着物のある機体の破片五個を確かに受け取りました」と明記されている。装身具は、国防省に送られ、フランスの博物館の研究室で専門家が鑑定することになった……。これで哀れなビアンコも、法律に定められた期限内に申告しなかったことで当局からとやかく言われる心配がすっかりなくなった。

カステヤーノは、ファロ[訳注]の海上憲兵隊で受けた尋問のことを笑いながら話す。まるで卑しい鶏泥棒のように一切合財を白状しろと言われたビアンコは、それからというもの、網にかかった物は何でも申告することに決めた。そこである日、彼は女性の下着が詰まった大きなゴミ袋を持って海上憲兵隊に行った。二日前に、ロリゾン号のトロール網に、レースのパンティの見本が入った袋がかかったのだった。

憲兵の一人が言った。

「何だ、これは？」

ジャン・クロードが言う。

「何だって？　これまで見たことがないのかね？」

憲兵隊員は、公務執行中の憲兵に対する侮辱行為として報告する、と脅した。もう一人の隊員は、いい加減にしないと毎日臨検に乗り込むことになるぞ、と言った……。もちろん、丸く収まったが。それからというもの、ビアンコは漁に出て海上憲兵隊の哨戒艇と行き交うと必ず霧笛を一発鳴らして、挨拶することにしている。

---

ファロ：マルセーユの旧港の先端部の丘の上に立つ宮殿。一八五五年に、ナポレオン・ボナパルトが妻のユージェーヌの避暑地として建てさせたもの。長く伝染病棟や大学医学部校舎として使われたが、一九五四年から公園になった。

# 第11章

## ヴァンレル、第二幕

われらがヴァンレルはその頃どこでどうしていたのだろうか？

一九九八年、彼はコスケール洞窟での調査を続けていた。[原注1] そして、九月から十月にかけて、この海域をいつも往来する船を見やっては不愉快な顔をしていた……。

「ああ、トロール船のビアンコが見えていたね。彼のロリゾン号は、スペイン製で全長二五メートル、九〇〇馬力。トロール網を開閉できる潜行板付きだ。潜行板の重量は九〇〇キロもあり、まさに大なたそのものだ。[原注2] ビアンコは聞きたくないかもしれないが、はっきり言って彼も当時は、あの強烈なトロール網で海底を剥ぎ取り、破壊する漁師の一人だった。漁業者は、操業を許可されている海域では合理的に動く。残骸が多くの魚を引き寄せることから、その近辺で底引き網漁を行なう方が有利なのだ……」

「そういうわけで、ロリゾン号は捜索許可海域の限界ぎりぎり約一〇〇メートルのところを、リウー島をかすめるように、ソルミウーからプラニエ方向に向かって横切っていた。もし、ルート上に沈没船でもあれば、トロール網はズタズタになってしまう。もし飛行機であれば、軽い構造でできているので、トロール船は難なく引っかけて、破片を引き揚げるか、切れ端が網にかかるだろう」

「私は洞窟調査の装備で作業していたが、ロリゾン号に続いて、ミニベックス号が数日間やって来た。はて？　コメックスの船がここで何をしているのだ？　研修なのか、海底のテストか何かだろうか？」

「私は、コメックス社の専門家の一人で、ロシア系のイヴァンととても仲が良かった。マルセーユでは、ポポフのあだ名で通っていた。彼とはよく情報交換していた。私の昔の研究について

---

原注1：リュック・ヴァンレルは、コスケール洞窟のフィールドワークに参加し、その後文化省の仕事として、一九九五年から現在に至るまでの全調査活動を担当してきた。二〇〇一年から二〇〇四年までの科学調査責任者であり、ジャン・クロット、ジャン・クルタンと共著で関連書『コスケール再発見』（スイユ刊、二〇〇五年）を出版している。
原注2：漁師から引退した現在、ジャン・クロード・ビアンコはヴァンレルの大事な友になっている。

も話した。彼は、深海に潜っていると体をこわすから、そろそろ止めたらどうだ、と言っていた。この辺りの海じゃ、潜水して側面ソナーで調査しようが、ミニベックス号の上からソナーで調べようが、何もかも引っ掻き回そうが、所詮何もない！」

「私は言った。何を言ってる。確認には苦労したが、十六世紀の難破船もあったし、一〇メートルくらいの近代船もあった……。海底の急な傾斜と起伏の多い岩盤が近くにあるので、側面ソナーはあまり役に立たないし、ミニベックス号のプロ連中が何も見つけられないのも当然だよ。ミニベックス号の装備なら、幅三〇〇メートルの海域を一気にひとさらいできるかもしれないが、そこへくると私の測深器など、一〇メートルか一五メートルの範囲しかカバーできない。海面から発信するとエコーが返ってくる。私は時間がかかるけれど、正確さには自信がある。海底の海水密度の違いだって区別できるからね」

「コメックス社は頑固なまでにあの辺りを回っている。これはただのテストなんかじゃないな、と見当がついた。ドゥローズが、古代の船の航跡をつかんだのかもしれない。情報は往々にして漁師がくれる。だが、ドゥローズが探っている海域は、私が思うような場所からははるかに遠い。あの辺りは、三段網漁の小船の漁師が通じている場所ではない。トロール船からの情報にちがいない。そこで突然ピンときた。ロリゾン号とビアンコか！」

「私はずっと観察していた。様々に考えをめぐらした。特に、私が遭遇した飛行機のことだけ考えたわけではない。大した獲物とは思えなかったからだ。だが突然、十月の終わりにブレスレットの記事が新聞に出た。その時一瞬にして分かった。ドゥローズが探しているのは、サンテグジュペリの飛行機だ！」

「ミニベックス号は彼の伝家の宝刀だ。それはよく知っている。今が、その出番なのだ。間違いない。ビアンコの操業海域も分かる。昔私が探索した場所に近い。ミニベックス号は、そこを行ったり来たりしている……」

だが、ドゥローズとカステヤーノの捜索は、シオタ湾方面を目指している（間もなく新聞で知った）けれども、私は自分の発見を見なおしてみた。私が写真に撮った残骸は、父が想像したように、サンテグジュペリの飛行機だったのか？　残骸全体を見つける以外にないではないか。しかも、確かめるのは今をおいて他にない。

「それまで私は、マルセーユでドイツ軍の飛行機を見つけたことはなかった。米空軍は空爆の時にしか来なかった。これは、特にドイツ軍を驚かせた大艦隊だった。第一の疑問。私の飛行機の破片はライトニングのものなのか？　私は、古い写真を引っ張り出した。特に、あの着陸用車輪の写真だ」

「ちょうどその時、母がブレスレットについて特集を組んでいた『科学と生活』誌を持って来た。十二月中旬に行なわれたフランス博物館研究所の専門家の鑑定結果をめぐって、論争が始まっていた。『あらゆる技術的要素を結集して装身具の鑑定を行なったが、結論は得られなかった。明快な見解を申し上げることはできない。これが真正な物であることを証明するものは何もない。

それと同時に、これが偽物であると言わしめるものものない』」

「専門家の意見をホンモノ派とニセモノ派に二分し、論争を誘発した『ラ・プロヴァンス』紙を皮切りに、各紙はこの尻馬に乗った。『科学と生活』誌は『ニセモノのブレスレット』なるタイトルまで使っていた。私は、随分失礼なやり方だと思った。というのも、マスコミは以前、コスケールが洞窟を発見した時にも、『コスケールのニセモノ洞窟』と呼んで、似たような議論を煽ったことがあったからだ。かくも厳正なる科学よ！　しかし、この雑誌に掲載されていたライトニングの写真と、私が撮った写真を較べてみた時だった。すべてがはっきりしたのだ。かくして私は、この信じられないような仕事の虜になっていったのである」

# 第12章

軍隊が「大いなる唖」とあだ名をつけられているのは有名な話だ。ブレスレットをめぐって論争が高まり、国防省はアントワーヌ・ド・サンテグジュペリの遺産相続者に遺品を返還することを極秘裏に決定した。十二月の終わりに、エクサン・プロヴァンスにあるフランス空軍地中海方面司令部で、鼓笛隊の演奏もない小規模な式典が行なわれた。

軍の最高司令部が、発見者の存在を無視してこの選択をしたことには驚かされる。この装身具を漁船の船長の手に委ねる理由が皆無であるとするならば、本物であるという確証もないまま、遺産相続者に返還する理由もなかったはずだ。ビアンコは抗議した。一九九九年の初め、フレデリック・ジロー・ダゲーはフランス・テレビＴＦ１の夜八時のニュースで、彼に直接回答した。

「お気の毒ですが、ビアンコさん、あなたにブレスレットを渡すことはありません！」

これではっきりした。遺産相続者は、これを本物と考えている。

一方その頃、カステヤーノとドゥローズは、シオタに沈む残骸の確認作業を続けていた。カステヤーノは、シオタ湾の飛行機をサンテグジュペリの搭乗機であると信じ込んできていることに、かなり前から居心地の悪さを覚えていた。計算、期待、論拠作り、ある種の性急な断定などが入り混じったまま一人歩きさせてしまっているのは自分のせいではないかと、心中穏やかならぬものを感じていた。

彼は、ロッキード社、またP―38パイロットの退役軍人会などの文書の技術関係資料を取り寄せて、いくつか検討を加えてみた。その結果は否、であった！　決定的に、ノンである。シオタ湾の残骸はサンテグジュペリの搭乗機の型式とは一致しない。彼は、一九九九年二月五日、海事当局に捜索報告書をしたため、正式にその旨を伝えた……。

これで何もかもが崩壊してしまったように見えた。カステヤーノは、ミニベックス号で調査を継続しているドゥローズの情報を待った。彼はまだリュック・ヴァンレルのことは知らない。リュックはリュックで、共にコスケール洞窟の保護に当たっていたドラスム（DRASSM[原注1]・水中・海中考古学研究所）所長のパトリック・グランジャンに電話している。彼は、ブレスレットが見つかった海域に飛行機の残骸が眠っている、と伝えた。

その写真資料も送った。

グランジャンはすぐに動く。

「ネクタイを買って来い……テレビに出ることになるぞ！」

リュックが釘を刺す。

「パトリック、聞いてくれ。ぼくは反対だ。他に大切な事がある。ぼくがやりたいのは、コスケールなんだ。新たなデータを記録するだけでもまだ十年はかかる。本部からはきわめて慎重にやるように言われている。サンテグジュペリの件で口を開いたら、ぼくはもう海に入れなくなってしまう。そっとしておいてはくれなくなる！　それに、もし裏付け無しに何か発表したら、マスコミにボロボロにされてしまう。絶対的確信がなければだめだ。しばらく待ってくれ」

洞窟内の奥での作業スケジュールはきついものだ。週に五日、毎日八時間を地底ですごす。潜水と地底の繰り返し。六日目、スタッフの休みの日、リュックはまた一帯を潜った。水は非常に冷たい。三週間で八キロ痩せた。体力との闘いだ……。彼は、あの十六世紀の帆船の残骸を見つけた。ガラス製品や食器を運んでいた船だった。岩があり、アルミニウムの破片があった。最も大きいもので、長さが二・五メートルあった。海底は砂地で、厚い泥に覆われていた。だから、軽い部分が上にとどまっているのだ。重いものはどうしても泥の中に隠れてしまう。例えば、エンジンのように非常に重いものだ。リュックはすぐにロッカー・アーム訳注のバルブ・スプリングをみつけた。彼は最初、これは船のエンジンだと思った……。

---

原注1：Département des recherches archéologiques subaquatiques et sous-marines の略称。

フィリップ・カステヤーノは、とても可能だとは思っていなかった海底作業技術を知る。

一九九九年三月の終わり、彼はミニベックス号に乗っていたドゥローズからメッセージを受け取った。コメックス社社長は、水深七四メートルの海底に魚網に覆われていた飛行機の翼を二枚発見していた。場所は、ビアンコがブレスレットを引き揚げたと思われる所から西に少なくとも二海里行ったカシス地域である。

映像を観るために、すぐにコメックス本社にみんなが集まった。十五分の陸上からの海底散歩である。カステヤーノが語る。

「残念ながら、画質はところどころ粒子が荒れていて見づらかった。遠隔操作のロボットROV（Remote Operated Vehicle）が残骸の上から、まだ翼に付いている大きな一二気筒エンジンへと進む。これは右のエンジンで、翼に対して本来の位置にしっかりととどまっていた。風防は無くなっていた。プロペラも無い。回転軸部分は、付着物に厚く覆われてはいるがはっきりそれと分かる。三枚プロペラの根元に接続している三本の軸が確認できるからだ。根元が残っていることから、プロペラがきれいに折れて無くなったということが容易に理解できる。こんなものを見たのは初めてだった……。通常、海底に沈んでいる飛行機の残骸には、少なくともねじれたプロペラとかが残っているものだが、このアルミ合金には着水時の衝撃とか、トロール網とか、電気分解などの形跡が見られない。不思議だ！」

続いて、貝などがびっしり付着し、魚網に覆われた残骸やねじれた破片の山が詳細に検討された。総合的に見ると、ブレスレットが引き揚げられた海域にあるこの残骸はライトニング機である可能性が高い。

しかし、シオタ湾の件で散々な思いをしていたカステヤーノは相変わらず慎重だった。

ドゥローズの方は、有頂天になっている。

「フィリップ、やったじゃないか。ついに探し当てたんだ。すごいと思わないか？」

一九九九年四月七日、明白な事実が明らかになり、その可能性は否定された。真っ直ぐなフレームは、単胴機[原注2]の胴体の後部が分解した断片でしかなかった。着陸用車輪のシャッターはP—38のものにしては短かすぎる。約七〇〇メートル離れた、水深八〇メートルの深さの所で別のエンジンがみつかった。回転軸のプロペラは海水にさらされ融けてなくなっていた。それはつまり、プロペラが木製だったということだ。メッサーシュミット110かもしれない……。

しかし彼らは、武装解除はしなかった。一九九九年十月、ピエール・ベッケールが再びシオ

---

ロッカー・アーム：エンジン室のカムの動きをバルブに伝えてバルブを押し開ける働きを助けるもので、てこの原理が応用されている。ロッカー・アームはバルブを押し下げてバルブを開け、エンジンオイルを取り込む。この動きを助けるバネがバルブ・スプリング。

原注2：双発双胴戦闘機であるロッキードP—38ライトニングとは胴体の数が異なる。写真ページの透視図参照。

タの海に向かった。レック海域だ。この海域はミニベックス号が数カ月も捜索した所である。母船はアジャクシオ船籍の全長五メートルの小さいヨットで、探査用電子機器（側面掃海ソナー、コンピュータ、GPSなど）を搭載し、ジャン・クロード・ビアンコが操舵した。十月七日、ヨットは湾の東から西に向かう航路を辿った。同じ日、一隻の白い船がヴェルト島の南西三〇〇メートルの海上に投錨した。ドラスムのエース船アルシェオノート号で、考古学地域の緊急救助任務を帯びていた。ピエール・ベッケールのヨットには、技術者のティエリー・カルランが乗り込み、シオタ湾のP―38の残骸の位置を特定する。同船は、湾の東にあるデファンス岬方向に向かいながら、残骸から八〇〇メートル東の水深五〇メートルの海底に約二〇メートルの長さの金属製の物体を発見する。一方、アルシェオノートはその場を離れ、ヨットの乗組員はこの現場海域に集まっていた船や浮き輪の人々の多さに驚いた……。面白いことに、海底の宝探しになると、誰もが他人の動きをマークするものだ。一定の船の動きがヒントになる。リュック・ヴァンレルは何かをつかんでいる。カルランが発見した物も何でもなかった。十月の終わりの新聞の見出しを見れば十分だった。

「サンテグジュペリ、姿見せず」

# 第13章

ところで、ブレスレットはどうなったのだろう？　連続ドラマの続きである。一九九九年十一月下旬、一九四四年五月にサルジニア島で、左の手首に銀のブレスレットを着けている『星の王子さま』の作者が写っている数枚の写真の原版がアメリカから送られてきた。正確に言うと、F―5A、第四二―一三〇八〇司令部に腰掛け、袖をまくった手に時計とブレスレットを着けている写真である……。この証拠物件を得て、ジャン・クロード・ビアンコは、マルセーユの弁護士、ジルベール・コヤール氏の勧めにしたがい、ドラギニャン地方裁判所に、サンテグジュペリの遺産相続者と海事局ブーシュ・ド・ローヌ方面本部に、装身具の鑑定結果を正式に提出するよう提訴した。

フランス博物館の喧嘩両成敗的判断で、装身具はあらためて極秘裏に、専門家の手に委ねられることになった。専門家とは、正確には誰か？ 当局は、例によって黙して語らず。しかし、ビアンコは発見者の権利を主張し、少なくともブレスレットが偽物なら、彼に返還するよう求めた。

コヤール弁護士は、さらに原告に与えた損害に対して七万二〇〇〇ユーロ以上の賠償金の支払いを要求した……。これは、はたして賢明な作戦か？

「原則の問題だ！」

ビアンコは、こう応じたが、まさか彼は売名目的と「営利」目的でこれを利用した、と告発されることになるとは思わなかった。しかし、彼は頑として譲らなかった。ペテン師、うそつきとまで言われたのが許せなかったのだ。

この間も、われらがリュックは調査を続けていた。

**ヴァンレル、第三幕**

「私は、他にも重要な物が発見できるのではないかと、技術的にも歴史的にも本気に勉強して、潜水調査を継続していた。私は、資料を通してP―38の詳細、とりわけ特定には不可欠である型式の違いを頭に叩き込んでいた。ちょうど、誰もがインターネットにアクセスし始めた時期であった。私は、『ライトニングP―38』と打ち込んで、あらゆる方面に情報を求めた。すると、いくつかの団体から答えが返ってきたが、私が示した写真では何も分からないと言う。問題はいつも同じだった。誰も海底作業や、はなはだしく付着物に覆われた遺物に慣れていないのだ。それに、彼らにはそれがどうした？　でしかないのが正直なところだ。絶望的になり始めていた時、アメリカの退役軍人のサイトに出会った。それは、行方不明になった戦友を探している『ダイナマイト・ギャング』という第三六七戦闘機部隊[原注1]の軍人会だった。この団体は、故郷に墓を建て、故人を弔うことができるようにするために、さらにまた慰霊碑に刻まれた行方不明者名簿からパイロットの名前を消すために、遺族に遺品を届けてきた。『パイロットが帰還を果たしていない限り、歴史は終わらない』と退役軍人会の会長は説明する。大部分の退役軍人たちは、フランスでP―38に乗って戦った。アメリカでは非常に知名度の高いサンテグジュペリの話をすると、彼らは心を動かされた。もし、これがサンテグジュペリの飛行機でなかったとしても、アメリカ人パイロットの飛行機かもしれないではないか。ダイナマイト・ギャングの会長は、私にジャック・カーティス[原注2]とコンタクトをとるよう勧めてくれた。『彼は、最高の調査、特定の専門家です』」

「私は別名でインターネットの世界におそるおそる入って行った。問題の場所がどこかを悟られないよう、何よりもブレスレットの件と結びつけられないようにできるだけ多くは語らなかっ

原注1：第三六七戦闘機部隊は一九四四年、米空軍に属し、基地をイギリスに置いていた。
原注2：ジャック・カーティスは残念ながら故人となった。

た。ジャックとコンタクトをつけて最初に受け取ったのは、彼の家と妻と猫と車と庭の写真だった！」

「ジャックはアーカンソー州に住む、元戦闘機乗りである。彼は私が何者なのか訊いてきた。彼に打ち明けるべきかどうか？　一週間経った。彼は私のことを信頼している。ええい、話してしまおう！　私は、マルセーユのこと、ブレスレットのこと、そして私が見つけた飛行機の残骸とサンテグジュペリとの関係の可能性について話した。『それが誰であれ、パイロットが一人、そこで死んだことは確かだ』と、彼は答えてきた。そして彼は友だちの一人で、一九四三年から一九四五年までロッキード社で働いていた航空機技術者のジル・セファラットから入手した資料を最大限送ってくれた。資料の大半は工場の火災で焼失していたが、私は幸運にも技術者用のメンテナンス・マニュアルを手に入れることができた！　完璧だ！　アメリカのいくつかの飛行場では、P—38を飛行可能な状態で保存してある。私は時に、現地まで行って確認して欲しいとジャックに頼みもした。彼が、覆いを取り払ってくれた。これで、本格的な比較作業が可能になった。彼の援助なしには、彼がくれた情報なしには、おそらく私は最後までやり遂げようという気になれなかったかもしれない……」

「私は、P—38の残骸を発見したに違いない。中でも完璧なのが、着陸用車輪の部分だった。その写真をジャックに送ると、注釈を付けて送り返してくれた。問題は、どのタイプのP—38なのか、であった。少なくとも一二種類のバージョンがあり、製造年順にAからMまである。サンテグジュペリの飛行機の製造番号は分かっている。P―38J戦闘偵察機F―5Bだ。[原注3] 無線を搭載し、その製造番号を記したプレートもある。もちろん、計器盤には無線のコール番号も記してある。『理想的なのは、エンジンの番号をみつけることだ』とジャックは言った」

「ところで私は、ずっと以前にこの辺りでエンジンを見た憶えがあった。その時は六気筒のエンジンと特定した。泥をかき落として数えたのだったが、それは、一見して船舶のエンジンと思い込んだからであった。良いエンジンによくあるものだから、一二気筒エンジンのヘッドの片側しか見ずにそう思ったのではないか？」

「私は現場海底に戻り、エンジンの泥を全部取り除いた。確かに一二気筒で、コンプレッサーが取り付けられていた。私は製造番号を取り外してジャックに送った。彼は、アメリカ製の飛行機の番号ではないと言ってきた。ドイツ製かイギリス製のものを調べる必要がある。こうして、疑問はまたもや嫌な形で再燃し、私は時間を無駄にすることになる……」

「仕方なく、後戻りして、ドイツ空軍の飛行機として特定を試みた。エンジンの番号は、DB601から始まる。残骸の優秀な専門家である友人のジャン・ピエール・ジョンシュレーに連絡

---

原注3：「P」は「pursuit（追跡）」の頭文字で、邀撃機《ようげきき》、つまり戦闘機のこと。「F」は「Fotography（写真）」、偵察機のこと。アメリカ製の飛行機に同時に「P」と「F」をつけるのは誤りだが、ロッキード・ライトニングの全機種の略称として「P―38」と呼ぶのが一般的である。だが、あくまで通俗的呼称である。

したところ、彼はフィリップ・カステヤーノを推薦してくれ、彼のメール・アドレスを教えてくれた。ラッキーにも、彼と接触するきっかけになったのは、肝心な話からではなかった。私たちは最初、エンジンに関する情報を交換したのであり、ライトニングの話はしなかった。そして、DBが、メッサーシュミットを製造した主要メーカーのダイムラーベンツの略称だと知ったのもカステヤーノのおかげである。分かった！　われわれはP―38であることを期待していたが……。サンテグジュペリにはほど遠い……。その時だった、少し興奮気味のジャックが、着陸用車輪の写真にこんなコメントを付けて送りかえしてきた。『これは、P―38のものだ！　がっかりするのはまだ早いぞ。飛行機は間違いなく二機存在する。一機はドイツ軍。そしてもう一機は、アメリカ軍の飛行機だ。間違いない！』」

「彼の言うことは絶対正しい。私は信じた。そうだ、これはサンテグジュペリの飛行機なのだ。もう一つは敵の飛行機である。両機は空中で衝突したのだ！　それもあり得るではないか？」

# 第14章

リュック・ヴァンレルは霧の中にいた。フィリップ・カステヤーノも同じだった。

しかし、二〇〇〇年の春、アエロ・ルリック社の社長は元気を取り戻す。ミニベックス号に乗って航行していたカステヤーノは、辺りの海域が何かをたっぷり隠していると直感した。四月二十日の日記に、彼はこう書きとめている。

「今日は、海の神が味方してくれた！　快晴、凪。これも、アンリ・ドゥローズが一日付き合うと言っていたからだろうか？　アンリは、今日は自分の船に乗り、リラックスしてみんなに声をかけている。今日の予定について、彼と若干意見を交わし、ミニベックス号の航路をカシデーニュの航路標識方向に向ける。ジャン・クロード・カヨルが発見したP―38の尾部の安定板の一部が沈んでいる場所だ……」

カヨルは、カシス沖のベック・デーグル信号灯の前方約二海里、航路標識地点の北東の海底、水深三一メートルの所で安定版の破片を発見して話題を呼んだカシスのダイバーだ。船は東から近づき、減速して方向可変スクリューを使って投錨することなく目標地点の上部にとどまれる指向性位置設定方法、「DP」体勢（ダイナミック・ポジション）をとった。

遠隔水中探査機を沈める。十数メートル降ろした時点で海底に停止した。ソナーのモニター画面に、右前方に遮蔽物があるのが映し出される。三〇メートル弱の所に、残骸が沈んでいるではないか……。カステヤーノは語る。

「残骸を見たのはこれが初めてだった。これが何かの間違いだということはもうあり得ない。P―38の後部機体の一部だ！」

ドゥローズは喜びを隠し切れずに、彼の意見を求めた。微笑を返すだけで十分だった。何の間違いも考えられない。逆様になったロッキードP―38の尾部の一部である。生産時の寸法まですべてが一致する。

研究者が首っ引きになって資料を検討した結果、結論が出された。

「この残骸は、一九四四年七月三十一日にアントワーヌ・ド・サンテグジュペリ司令官を乗せたまま消息を絶った製造番号42―68223、F―5Bのものに間違いない」

クライマックスだった！

第二次世界大戦で、フランス沿岸部沿いでイタリアとスペインとの国境部を探っていたライトニング戦闘機、写真撮影偵察機のうち一〇機についてはすべて明らかになっている。サンテグジュペリの飛行機だけが、カシス地方の各地で撃墜された他のライトニング機と同じようにレーダーでも目撃者の証言でも確認されていない。すでに見たように、一九四四年一月二十七日に墜落した二名のアメリカ人パイロット、ライリー中尉とグリーンナップ中尉の搭乗機はシオタ湾で発見されているが、後部安定板は無事だった。しかし、カステヤーノの資料には、その他のP—38の存在が認められる。

「一九四四年三月二十一日、ツーロンの沿岸付近でドイツ軍対空機関砲（Flak）がフランス空軍大尉、アンリ・レイの飛行機を撃墜したらしい。彼の中隊の記録には、次のような詳細が残されている。『アルゲーロ（サルジニア）を出発し、ツーロン、イエール近郊低空の写真撮影任務。飛行計画：十時〇五分離陸——フランス沿岸部到着、十一時——指定地域の撮影、十一時十分——着陸予定十二時〇五分』」

十六時頃、アルゲーロからの入電があり、Ⅱ—三三偵察中隊のレイ大尉の帰還が予定時刻よりも二時間遅れていると知らせてきた。彼は、結局帰ってこなかった……。ツーロン海域は全方角の広い距離に渡ってトロール漁が禁止されている事実から、カシス地方の残骸と混同する可能性は低い。ツーロンとシオタ湾との距離は遠すぎる。

「一九四四年四月二十九日は、連合軍によるツーロン大空爆の日である——町に数千トンの爆弾が投下された——この日は、ラウル・アグリアニ大尉がポール・ド・ブー沖で消息を絶った。彼はアルゲーロから出発して写真撮影の任務に当たっていた。八時離陸、十時四十五分着陸予定」

彼の戦死状況については、フリブールのドイツ軍歴史資料館にある、ドイツ軍報告書のおかげで明らかになった。彼の飛行機は、グート軍曹の操縦するフォッケヴォルフ190戦闘機の射程に入った。このグートはベテラン飛行兵であった。高高空で敵を捕まえられない時、彼は下で隠れて待ち伏せる。ドイツ軍のレーダーがとらえていた最後の空中戦はポール・ド・ブーの南三〇キロの海上で展開した。九時四十五分、グートはF—5A機が海中に墜落するのを確認した……。

この悲劇があった地帯とカシス地方とは離れすぎている。カステヤーノは、アグリアニ大尉のF—5A機と、その後彼が、製造番号42—68223、F—5Bのものと考えた機体の後部との区別を誤ることはあり得ないと結論した。

ミニベックス号の船上は喜びに満ちていた。船はカシス地域を出て、北に一海里弱、信号標識の北東、水深八〇メートルの海域に向かう。機体の一部はみつかった。それはいい。しかし、残りはどこにある？

残るすべては？

それを見つけてくるのは、もちろんリュック・ヴァンレルに他ならない。

# 第15章

リュックはもう一年八カ月も調査を続けていた。カステヤーノとは直接は一度も会っていないが、無線報告、レーダー報告、パイロットの証言でまとめた彼の資料にお目にかかる機会に恵まれる。これこそ、巨頭会談である！　というのは、リュックも写真家として海底写真専門のエージェント、フォトオセアン社の仕事をしていたからである。そもそも、コメックス社がブレスレットのプレスリリースの制作を依頼した先が、フォトオセアン社なのである。そして、カステヤーノがドゥローズにファックスで送った遭難P—38のリストが、デスクの上に置きっぱなしになっていた。リュックはそれをコピーさせてくれと頼んだ。フォトオセアン社社長のアレクシス・ローゼンフェルドは別に支障はないと考えた。何かリュックの仕事に役に立つだろうと思ったのだ。そこで彼は、機体の型式を見ながら、彼はあらゆる型式が混じった遭難機四二機を五種

類に絞り、うち四機を正式に特定した。まさに、カステヤーノと確認したばかりの事実であった。二〇〇〇年五月二十四日、リュックはアエロ・ルリック社社長にメールを送る。

カステヤーノは、海底調査会社、インマドラス社の社長ということでリュックの名前は知っていた。名前を憶えていたのは、彼が一九八九年にドイツの双発爆撃機、ユンカースJU88機の無傷の機体を水深八八メートルのフリウル島海底で発見し、ドイツ機のエンジンについて最近問い合わせをしてきたことがあったからだ。彼は日記にこう書いている。

「彼は、海底、それも深海の限られた数の写真家の中でも、レベルの高いダイバーと評価できる。しかも、控え目で、慎重だが、時にきつい冗談も放つ。要するに、なかなかいい男だ！」

というわけで、リュック・ヴァンレルからの依頼に、彼は驚いた。ドイツ軍機のエンジンの詳細に関するわけのわからないやり取りをした後、リュックは後に告白するが、カステヤーノを「試した」。彼は、P―38J型機に関する、もっと驚くべきメッセージを送った。彼の問い合わせは、正確にライトニングP―38H―5LO型機の主着陸装置に関与する特殊改良についてであった。カステヤーノは、ヴァンレルが何か面白いことを知っているに違いないと踏んだ。最後のメールが、爆薬に火をつけた。彼は単刀直入にこう訊いてきた。

「P―38J型機、あるいはその改良型機が、マルセーユ海域に存在する可能性について、どう考えますか？」

カステヤーノは理解した。ヴァンレルはF―5B223を発見し、その特定方法も見つけている。機体が改良されているので、専門家の確認のみを必要としている。詳細を見てみよう。多少てこずるだろうが、魅力的だ。彼らの分析検討には、複雑さをきわめた歴史的調査が見てとれるし、究極、信頼性が示されている。

要約すれば、いくつかのJタイプに分かれたP―38Hシリーズの最終モデルには、それまでのバージョンに比較すると、大きな改良が加えられている、とカステヤーノは説明する。エンジンはより強力な一〇〇馬力。旧式のB―13に替わるB―33タイプのターボコンプレッサーである。着陸装置格納室には空気誘導クランクがより頑丈に取り付けられた。これ以降は、可動式フラップ[訳注]が備わり、ターボエンジンの吸気口は弾道型で、可動スクープが備わった。旧式の吸気口は逆に、九〇度彎曲したパイプに近い形だった。主着陸装置の脚部にも上部に回転軸（これもビームと呼ぶ）が取り付けられ、シリンダー部分から鉄合金を通り長方形の鋳造マグネシューム合金に結合されている……。この部品は、ロッキード・ライトニングの部品カタログには特別に「フルクラム（てこ）」と表記してある。他にも、肉眼ではそれと分からない改良が加えられているが、それらもタイプ変更の重要な部分を担っている。このようにして、一九四三年の終わりに、改良型P―38タイプJ[原注1]の生産が正式に開始された。

---

フラップ：離着陸時に速度を落とした飛行機の揚力を増大させるための高揚力装置。主に主翼の後縁に装備されていて、離陸時は中程度に、着陸時は最大の角度に出し入れする。

B（F―5B）の変型版F―5をP―38と呼ぶようになってすぐに、この新シリーズの少なくとも一一〇機以上が、写真撮影用偵察機に改良されている。九〇機あった最後のライトニング・Hシリーズは F―5Bの名称のまま、それまでと同様の道を歩んだ。ロッキード社は、占めて二〇〇機製造している。

結論に戻ろう。もし、リュック・ヴァンレルの発見した残骸がP―38Jだったとすれば、それこそサンテグジュペリの搭乗機だ！

その日の終わり、海底写真エージェント、フォトオセアン社社長のアレクシス・ローゼンフェルドが、これを裏付ける情報を持って来た。彼は、カステヤーノに電話で、あるダイバーがP―38タイプJの貴重な破片を発見した、と伝えた。

「私は、この件に関するメディア対応を任されているが、技術と歴史の専門分野であなた方にも加わってほしい」

カステヤーノはすかさず問うた。

「そのダイバーというのは、ひょっとしてリュック・ヴァンレルのことではありませんか？」

ローゼンフェルドは、発見の状況を正しく把握するのに必要な詳細をカステヤーノに伝えた。現場は、リウー島の南東、四五メートルから八七メートルの間のどこかだ。散逸した破片は、主にターボコンプレッサーに付けられた長さ約二メートルの機体の構造ビームの一部と、離脱した車輪の脚部である。ベテラン・ダイバーの目を引いたのは、どちらかといえば、水深六〇メートルの海底に沈んでいた後者の破片である。脚の上部に長方形のビームが取り付けられている。間違いない。P―38タイプJつまりF―5Bの断片だ。カステヤーノは、興味を持ったどころの騒ぎではなかった……。

翌々日、フォトオセアン社の映写室に全員集合する。

リュック・ヴァンレルが撮影した残骸の映像は、信じられないくらい鮮明で見事なものだった。破片は全体的に腐食がはなはだしく、付着物にびっしりと覆われていたが、ビームの奥には、ターボコンプレッサーの下部に通じる弾頭型のスクープから外気を取り入れるようにした空気誘導クランクがあるのが容易に見てとれる。切断された翼とおぼしき断片がぺちゃんこになって下敷きになっている。後にこれは、主着陸装置格納室の左外部扉の上部で、ここには他にも蝶番がちぎれてしまった破片が存在することが判明した……。

アエロ・ルリック社の社長は、どうやってこんな大発見ができたのか、ヴァンレルに訊ねた。

リュック・ヴァンレルは、その冒険の一部始終を話した。みつけたのは何年も前になるが、あらためて見直すことになったのは、ビアンコのブレスレットとカシスのダイバー、ジャン・ク

---

原注1：カステヤーノの詳しい説明では、改良型P―38タイプJは、最初のJシリーズ（J―10LOまで）は旧型の円形風防を継続使用していたが、J―15LOバージョンから平板で防弾の風防に変わり、操縦桿はシリンダー形状になった。

ロード・カヨルの話が新聞に出てからである。彼はまた、アーカンソー州に住む、P—38の元パイロット、ジャック・カーティスと文通していることも明かした。彼は言う。

「ここまで来られたのは、ジャック・カーティスという人物がいてくれたからだ。彼のおかげで、あきらめずに済んだし、チャンスも生まれた。最高に精密な透視図があったから、第二世代機のバージョンJが着陸装置のパワーアップに欠かせなかったあのパワーコンプレッサーの存在を発見できたのだ」

「旧式の機体に、最新式の着陸装置が装備できると思うか？　と私は彼に訊ねた。彼は、仲間の技術者に確かめたが、誰もきちんとした回答はできなかった。工夫すればできなくはないかもしれない。しかしそれは、基本的にはあまり考えられないことだった」

「唯一の解決策しかない。もう一度、現場に潜って装置とターボの全体がJバージョン機におさまっているかどうか確かめることだ。あの日のことは忘れもしない。私は、また現場に行った。晴天で、水は澄んでいた。機体は逆様になって沈んでいる。ターボコンプレッサーの三分の一しか露出していないので、よく判断できない。パイロットがターボエンジンの圧力を調節できる弁がこの『新型機』にあるかどうかを探さねばならない。レーシングカーを相手にしているのと同じだ。それは、着陸装置格納室の中に見つかった。ちぎれた蝶形弁と一緒に逆様になっている。普通のクランクかアングルがあれば弁室に手が届き、確認できる。私は腕を延ばした。ゴムの筒に巻いた昔のネックレスのような物に触った。つかむと取れた。やった、手に入れた！」

ヴァンレルとローゼンフェルドとカステヤーノは、マスコミ戦略を練ることにした。夕刻、情報はフランス・アンフォで午後十時から流れた。週末でもあり、ニュースはラジオ、テレビ、活字媒体に怒濤のごとく広まった。

五月二十九日月曜日、遺産相続者からの挨拶文が新聞記者を媒介にリュックのところに届く。リュックは、墜落に関する見解と目下の推論を伝える遺産相続者に宛てた手紙をしたためていた。そこに、朝刊が届いた。作家の遺産相続人は「アントワーヌ・ド・サンテグジュペリの生誕百年を傷つける新たなでっち上げの策謀」とこき下ろしていた。ヴァンレルは書きかけの手紙をくず籠に棄てた。かくして、遺産相続者との関係は、始まる前から壊れてしまった。

フレデリック・ジロー・ダゲーは、ツーロンの地中海方面海事局局長宛てに、残骸の検証のための公式回収作業を求める速達便を送付していた。

「海中で無警戒、無防備のまま放置されている残骸が、サンテグジュペリ司令官の搭乗機であるとすれば、作家の名誉毀損者の行動を阻止する唯一の手段は、それを国家海軍の手で回収し、空軍基地等の安全な場所に保管することであります」

彼らは「名誉毀損者」呼ばわりには全く納得できなかった。第一に、サンテックスの遺産相続人は発見者の誰とも面識が無い。さらに、捜索では作家の遺体が機内に残存していて初めて、それと確認できる。サンテックスは、パラシュートで脱出し、無事に着水し、沖に流されたかもしれないではないか？　どのような仮説もあり得るのだ。プロヴァンス地方の長い沿岸地域で消息を絶ったパイロットの多くは、何週間も後になってマルセーユよりはるか西方の海岸に遺体となって打ち上げられている。マルセーユ海岸のサント・マリー・ド・ラ・メール、セット、ペルピニャン、そしてスペイン海岸に至るまで、そういう事実があった。いくつかの遺体は身元が確認できたが、大部分は判らなかった。六〇年代に、リウー島の島内で唯一の淡水地帯の近くで白骨化した人体が発掘された話も記憶にとどめておくべきかもしれない。この奇妙な話については、本稿の最後に述べることにするが……。

いずれにせよ、遺産相続者の介入はただちに功を奏した。リュックが発見した現場は潜水禁止になった。さらに、検証と引き上げの申請はすべて凍結された。

それでも、カステヤーノは最低限の発言を続けた。南仏グラースに近い町、カブリスで行なわれた、アントワーヌの母、マリー・ド・サンテグジュペリの追悼式典の場で、カステヤーノはジャンとフランソワのジロー・ダゲー兄弟に会い、彼らとサンテックスの「謎」に触れた。自分から姿を消したのではないかという仮説もあるが、と彼が言うと、ジャン・ジロー・ダゲーははっきりこう言った。

「叔父は自殺なんかしていません。また、アルプス山中に消えたという説も全て排除することはできません！」

やりとりはそれで終わった。遺産相続者との関係はまったく楽ではなかった。

ブレスレット問題が終わっていなかったので、ビアンコの方も何かと忙しかった。二〇〇一年三月二十九日、われらがマルセーユの漁師は、サンテグジュペリの遺産相続者と海事局ブーシュ・ド・ローヌ方面本部が、二〇〇〇年四月六日に装身具の検証結果を正式に提出するよう提訴した件で召喚され、ドラギニャン地方裁判所に出頭した。論戦は二時間に及んだが、装身具の真偽を確定する分析結果云々をめぐって、根底的には歩み寄りがないまま、判決は翌々日と言い渡されて、両者は席を立った。ビアンコは、相手方から、彼の発見は「マルセーユ人の性質《たち》の悪い悪戯」だとまで言われ、大いに侮辱を受けた。ムカッとなったビアンコは、裁判長の許可なく法廷から出て行った。裁判長はビアンコの再出廷を却下した。

五月三十一日、判決が言い渡された。法廷は、ジャン・ジロー・ダゲーとその息子のフレデリックが蒙ったとされる被害と損害の訴えは「容認しがたく、根拠が無い」とし、賠償権の成立は監督官庁または行政府に委ねると突っ放した。一方、ジャン・クロード・ビアンコには、作家の遺産相続者に対し、また大蔵省の法定代理人に対し、民事訴訟法の新条項第七百条に従い、金九一五ユーロを支払うよう言い渡した。ジャン・クロードは、もちろん、控訴することにした。

彼は、マスコミに対しても、結論は明かさなかった。彼は、カステヤーノの助言にしたがって、六月二十二日夜十一時三十分からの国営テレビTF1のジュリアン・クールベの番組『サン・ゾーカン・ドゥット（おそらく）』に出演した。弁護士のジルベール・コヤールに伴われ、彼は「死ぬほど緊張して」スタジオに現われた。相手方は、サン・ラファエル市から来た弁護士のベルナール・アワディエである。激しいやりとりが交わされた後、相続人の弁護士が貴重な情報を洩らした。彼は、ブレスレットが間違いなく二カ所で鑑定に回されたことを認めた。一つはフランス、もう一つはアメリカ――これは後にＦＢＩの研究所であることが分かった――である。結果は相反するもので、三番目の専門家に依頼する予定である、と。それ以上は何も出てこなかった。しかし、その名誉にかけて、真実を、真実のみを、そしてすべての真実を、世に訴え続けるジャン・クロード・ビアンコに人々の支持は集まる。

十月初め、同志ビアンコは軽い外科手術ということで入院した。しかし、回復するまでに三週間以上もかかり、すんでのところで最悪の事態は免れたが、一カ月半後に、ようやく退院できた。

「この期間、――フィリップ・カステヤーノの感想は――フレデリック・ジロー・ダゲーは、マルセーユ海域におけるサンテグジュペリ機の存在を否定するに足るいかなる理由もない事実に、さらに刻印が加わった中で、ブレスレットの鑑定結果の公表を引き延ばしていたのだ。戦死したか、任務中に行方を絶った人間の所持品が事故現場で発見されれば、たとえ事故機の製造番号が一切不明であったとしても、謎を解く鍵として提出されるのが普通ではないか……」

そして事実、ビアンコが徐々に健康を取り戻しつつあった十一月、アエロ・ルリック社の社長は、サンテグジュペリの相続人から、親展の封印を押した知らせを受け取った。手紙は、専門家の最終鑑定結果は遅くとも二〇〇一年末か二〇〇二年初頭には出る運びである、と伝え、訴訟費用の賠償請求に関しては、「これを放棄する」と決断していた。

数週間後、相続人の弁護士からビアンコに、彼に対する提訴は取り下げられた、と知らせてきた。ビアンコは金銭的負担から解放されても、告訴を取り下げはしなかった。専門家の鑑定結果を見越して、七万二〇〇〇ユーロを請求した。これは正しかったのか？　しかし、彼のプライドは傷つけられたのであり、ジロー・ダゲー家に対するこの法的威嚇はある種の復讐心からでもあった。二〇〇一年十二月初頭、カンヌで行なった講演会での彼の言葉は希望に満ちていた。彼は、「サンテグジュペリとの出会い」と題した講演で、海に生きた人生、彼の仕事である漁業について、そしてマスコミとサンテグジュペリの相続人から、嘘つき、詐欺師、ほら吹き、金と名声に目が眩んだ揉め事屋、とまでののしられた経緯を語った。彼が話し終えた時、聴衆はしばらく沈黙していた。そして、万雷の拍手が湧き起こった。

# 第16章

リュックは現場の調査と検証の再開を正式に申請したが、当局がそれを禁止したため、サンテグジュペリ関連案件は三年間ストップしてしまう。何の進展もなかった。そうした中で、二〇〇二年十月の前半、カステヤーノはきわめて感動的な一通の手紙を受け取る。アエロ・ルリック社に届いたその手紙は、アメリカからであった。

「カステヤーノ様。

私は、ジーン・プレストン・ライリーと申します。御社、アエロ・ルリックが発見された残骸、製造番号43―2543の飛行機に乗っていたジェームズ・G・ライリー少尉の生前の妻です。皆様方が、貴国の英雄、アントワーヌ・ド・サンテグジュペリの調査活動の中で、亡夫のジムが搭乗していた飛行機の墜落場所を特定する機会を得られたことを心から嬉しく思っています……」

手紙には、正式な証拠書類や、当時の写真が同封してあった。カステヤーノが語る。

「ここから、この愛すべき人物とその子供たちとの非常に親しい人間関係が結ばれていった。ライリー夫人は、一九五〇年に再婚していた……。一九四五年に陸軍省[訳注]から伝えられた情報は、夫の乗ったP―38が最後に確認されたのは、エクサン・プロヴァンス上空で、不利な状況におかれていた、ということだけであった。戦時行方不明者報告書（MACR：Missing Air Crew Report）第二〇三八号にあったこの情報から、彼女はそれまでずっと、ジムの飛行機はプロヴァンス上空で爆破したものと思い込んできた」

七カ月後の二〇〇三年五月十二日、カステヤーノはニース・コートダジュール空港でこの老婦人と彼女の娘の一人、リサを出迎えた。

「初めての対面は、信じられないほど暖かいものだった。何か、ずっと以前からの知り合いのような感じがした」

---

アメリカ合衆国旧陸軍省（United States Department of War）：一七八九年から一九四七年九月まで陸軍・空軍の作戦を司った米国政府行政機関。一九四九年八月に国防総省に変わり、陸軍航空隊は新設のアメリカ空軍となった。

シオタの市庁舎で歓迎式典が催された。市長のパトリック・ボレーが簡単に経緯を述べる。それを受けて、ピエール・ベッケールが残骸の破片を手にして進み出る。右側のターボコンプレッサーのカバーに付いていた空気吸入口の小さなスクープである。破片にはアーミーグリーンの塗装が残っていた。ベッケールは、これをプレクシグラス[訳注]のプレートに収めていた。

「差し出された贈り物を見たジーン・ライリーは、思わず私の手を握り、しばし声をつまらせた……」

「市長主催の歓迎パーティがあり、その後全員で港に向かった。シオタ湾の海難救助隊のランチに乗り込むためである」

ヴェルト島に向けて出航だ。

「シオタ湾のP―38が眠る現場の真上に来た。この日は強いミストラル[訳注]が吹いていたが、湾の中は風が来ない。見事な青空で、雲ひとつなく、海もまた真っ青に広がっていた」

金魚草と紅い薔薇の花束が用意されており、小さな国旗が二つ付けてある。星条旗と三色旗である。リボンが巻いてあり、そこに「ジーンからジムへ」と書かれてあった。ライリー夫人は薔薇を一本、そっと抜いてスーツの襟にさした。パトリック・ボレー市長と、ピエール・ベッケールが手を添えて、彼女は海中に花束を捧げた。

「友情の強い証しだった。人目につかない出来事ではあったが、熱い思いが満ちていた」

翌朝、シオタのP―38の機体の断片が展示してあるジェオセアン社に全員集合した。

ジーンはとても感激して、ジムが最後を遂げた状況について詳しいことが知りたいと言った。「私は、一九四四年一月二十七日の任務飛行がどのように遂行されたかを説明し、衝撃の痕跡が多数残っている右翼のフェアリング訳注を見せた。P―38の模型をとって、ドイツ軍の戦闘機の機銃弾が貫通した角度を示しながら、攻撃の模様を解説した。すると彼女は、どぎまぎするような事を訊いてきた。『海に墜ちた時、ジムはもう命を失っていたのでしょうか?』」

レックに沈んでいたハリー・グリーンナップの搭乗機の残骸の場合、風防は開いており、車輪は出ておらず、フラップは最大限出ていた。これは間違いなく、パイロットが不時着を試み、完璧に操作していたことを証明している。カステヤーノは、ジム・ライリーの場合を考えるに、これを基準に判断した。飛行機が海に墜ちた時、パイロットはすでに死んでいたか、もしくは瀕死の重傷を負っていたにちがいない。翼の状態から、P―38が完全にコントロールを失い、強烈に叩きつけられて海中に没したことが判断できる。フラップは出ていなかった。機体は銃弾を撃

---

プレクシグラス：飛行機の窓ガラスなどに用いられたアクリル樹脂。Rohm & Haas社の商標名だが、アクリル樹脂の一般呼称として使われることが多い。

ミストラル：フランス南東部、プロヴァンス地方に吹く季節風。冬から春にかけてアルプス山脈からローヌ川沿いに地中海に吹き降ろす冷たく乾いた北風。

フェアリング：飛行機やロケットやオートバイなどに用いられる、外側の空気の流れをなめらかにし、空気抵抗を下げるために構造物をカバーする部品。

ち込まれ、それによって激しく燃え上がり、若き飛行兵には生き残るわずかな望みもなかったのだ。

ジーンは、この説明に納得したようだった。ジムの機体が海中で発見されて以降、彼女は、亡き夫は持てるあらゆる手を尽くせば、何とか飛行機から脱出できたかもしれないという思いにつきまとわれていたのだ……。

プロヴァンスに二週間滞在し、ジーンとリサの母子は、大量の写真と、いくつかの機体の断片を抱いて、アメリカに帰っていった……。ジーンは、二〇〇四年にまたやって来た。この時、アメリカに帰る前、彼女はフィリップ・カステヤーノにこんな手紙を残していった。

「あなたのおかげで、ジムに何があったのかが分かり、私は幸せです。あなたはジムに出会い、私はあなたに出会いました。ありがとう」

ジーンは、初恋の人に再会するため、二〇〇七年一月三十一日に天国に旅立った。

# 第17章



二〇〇三年に戻ろう。サンテグジュペリ問題は相変わらず暗礁に乗り上げたままだった。

リュック・ヴァンレルの胸中はいかなるものだったろう？　驚いたことに、彼はもう興味を失くしていた。

「よく分かっていただきたいが、私は遺跡発掘マニアではない。パイロットが誰かは特定できた。それ以上続けても、仕方がないではないか。私の仕事はそれで終わり。私は、これまでになく考古学に惹かれていった。私がまたやる気を起こすことになったのは、私の発見に疑問が出され始めてからだ。特に、サンテグジュペリ・アルプス山中遭難説にたどたどしく拘泥するある歴史学者の記事を読んだ時には呆気にとられてしまった」

「水から救われたサンテグジュペリ」なるタイトルをつけて、――モーゼの言い伝え[訳注]か、浮浪者ブーデュの映画[訳注]をもじったのだろう――筆者のパトリック・エールアルトは、文字通り、そして堂々と、「フランスとアメリカの両国で行なわれてきた、サンテグジュペリ司令官の失踪を追った調査のどちらも同じ結論に至るものだ。『無線交信の内容とテープから、彼は帰還途中で、海中にもフランス沿岸近辺にも墜落していない』。その反証が出されるまでは、地中海に何も発見できない以上、断固としてアルプス山脈方面に目を向けるべきであるという解釈が正しい」と断定していた。

とんでもない！　証拠はある、動かぬ証拠が、目の前に。しかし、エールアルトはまだ続ける。

「この事は、一九九八年九月に発見されたパイロットのものであるとされるブレスレットに密接に絡んでいるのは当然である……。それからというもの、この海域（それも正確にどこであるとは確定されてもいない）に沈んでいるP―38のすべての断片ならどれでも、探している飛行機のものかもしれないとされるようになった。この調子だと、そのうちサンテグジュペリの飛行機は一機だけでは済まなくなる！」

「また、消息を絶ったパイロットがブレスレットを身に着けていたかどうかも決して確認されてはいないのだ。一九四四年五月に、従軍記者のジョン・フィリップスが撮影した写真に、ブレスレットが確認される、と言われる。おかしいではないか。ブレスレットは左腕にしか見えないと言うが――時計をはめている方だ――、パイロットが長袖の上着かシャツを着ているのに、それが見えるとは！　半袖の時は、ブレスレットは着けていないのだ……」

驚くべき論拠である。

ヴァンレルがむかっとしたのは、マルセーユの誰かに手を回して、飛行機の機体番号の真偽についてしつこく言いがかりをつけてきたことだ。よし！　機体を引き揚げるしかない！　アンリ・ドゥローズは、そのことで頭が一杯になった。コメックス社にはいい宣伝になる。リュック・ヴァンレルがまだよく知らなかったピエール・ベッケールも、並々ならぬ関心を示した。

誰かコネはないか？　残骸の処置については、行政的には管轄がはっきりしておらず、ここに活路が見出せるかもしれなかった。これは、文化遺産と言えるのではないか？　だとすると文化省の線を当たるべきだ。軍事遺産だとすると？　国防省だ。軍人会はどうか？　彼らはもともとドゴール派だから、サンテグジュペリには神聖なものを感じてはいないだろう。遺族代表、あ

---

モーゼの言い伝え：すべてのユダヤ人の男児の赤子は殺せ、とエジプトのファラオが命じたため、モーゼを産んだ母は子供を籠に入れてナイルに逃した。ファラオの王女がこれを助け、育てた。旧約聖書「脱出記」第二章。
浮浪者ブーデュ：ジャン・ルノワール監督のフランス映画「Boudu sauvé des eaux（水から救われたブーデュ）」の主人公のこと。セーヌ川に落ち、溺れかけた浮浪者のブーデュが富豪に助けられ、豊かな生活に恵まれるが、結局はまたルンペン生活に自ら戻っていく、という物語。主演、ミッシェル・シモン。一九三二年製作。

の人たちにとって地中海は立ち入って欲しくないお墓のようなものだ。決して彼らの面子をつぶすものではない。リュック・ヴァンレルが、残骸は漁師や野次馬ダイバーの目に届かないような岩陰にひっそりと眠っていますと請け合ってくれるなら、の話だ。

行政に掛け合うのであれば、海事局の地中海方面本部の最高機関であるピエール・クサビエ・コリネ部隊副提督のところである。アエロ・ルリック社を申請人とした、リウー島前の海中に沈むライトニング機残骸の特定作業を目的とする捜索及び回収の正式許可申請書が、技術関係書類を添付して、海事局に提出された。

知らせが届いたのは、二〇〇三年八月のことだった。リュックの発見した現場の確認のための潜水を行なっていたドゥローズが、残骸の一部が移動しているのを確認した。またも、トロール船の仕業だ！　ビームとターボコンプレッサーにトロール魚網が巻きつき、元の場所から五〇メートルも離れた水深六〇メートルの海底で、泥に埋まっていた。

コメックス社の社長は、作業を急ぐよう動いた。彼は、海事局から口頭で捜索許可を取った。二〇〇三年九月一日、ミニベックス号が、リュックが安全のために海底の洞窟に仕舞っておいた左車輪の脚部を引き揚げた……。

翌日、風が強すぎて船が出せない。九月三日、ミニベックス号は再びリウー島に向かった。すべての破片が引き揚げられた。

オーバーニュのジェオセアン社の海底工事部長が破片を洗浄し、分解した。このローラン・

ルイリエ部長は、本職はボイラーマンだが、スチールやステンレスやジュラルミンのこれらの断片を嬉々として分解した。

二〇〇三年九月の終わり、引き揚げられた部品を資料と比較するために、アエロ・ルリック社のスタッフが到着した。

製造番号が知りたい？　分かりますよ。カステヤーノの説明によると、

「ロッキード社は、P―38の技術カタログ上のCN（コンストラクター・ナンバー）の文字が付けられたMSN（マニュファクチュラー・シリアル・ナンバー）またはLACナンバー（ロッキード・エアクラフト・コーポレーション）の四種類の識別番号に、組立の全工程に厳密に対応する形で製造航空機を登録していた」

カステヤーノは、アエロ・ルリック社の副社長、クリスチャン・ヴィーニュと同社の秘書、ブリアン・シヴォクトと一緒に、作業に入った。機械技師のクリスチアンが、ターボコンプレッサーを担当した。これは、直径が六〇センチ、重さが六〇キロあった。元の位置からはずれ、ジュラルミン製のビームもとれていた。はずれずに硬くネジ止めされていたのは、Y字型の連結部から続く排気ガス膨張管（室）と、一二気筒エンジンの排気口に接続していたねじれた二本のパイプだけであった。断面図ではステンレス鋼製のこれらの部品は、見事なまでに砕かれていた……。

数字のスペシャリスト、ブリアンはビームの寸法を割り出し、手がかりを探した。ところどころが、最近のトロール網で壊されていた。打ち抜き溶接で接着したステンレス製の小さな鋼板

が二枚、とれずに残っており、「Solar」の商標が刻印されていた。当時、カリフォルニア州サンディエゴに本社があった下請け会社の名前である。調べを続けていたブリアンは突然、製造ラインで自動的に打ち込まれるものとは似ても似つかぬ番号をみつけた。それは四つの数字が並んでおり、最後にアルファベットのLが付いている。全部、手で刻印してある。これは規定外のものだ。しかも、本来はターボコンプレッサーが邪魔していて、簡単には手の届かない部分の内側に刻印してある。カステヤーノが語る。

「この数字は、２７３４Lだった。この時はまだその重要性が分からなかった。正直に言うと、番号がついていた部分に意味があった。ビームの上部カバーとターボコンプレッサー室との接合部の補強材の上に、まるで事故の際にもどこかに行ってしまわないように、しっかりと打ち抜き溶接してあるではないか！」

「要するに、この事実に首をかしげたわけだ。２７３４の数字の後に来るLの文字は、頓智をきかせれば、単純に数字の７の逆様かもしれない。この字を打ち込んだロッキードの工員がLの金型がなかなか見つからず、７を反対に打って仕事を早く片付けたのだろう。そうだとしたら、この文字はロッキード社のイニシャルを指すものに違いない……」

三人は懸命になって、ロッキード社の技術リポートに、例のＭＳＮとＬＡＣの番号とライトニングの各機に付けられた軍登録番号（シリアルナンバー）を探しまくった。結局、２７０３番から2812番までをカバーするLACシリーズで、J―10LOシリーズ出身のF―5B改良型双発ロッキード・ライトニングの総数は、一一〇基もある……。

ブリアンはせっせと計算機をはじいて、民間機シリーズと軍用機シリーズの番号を付き合わせた。もし計算が間違っていなければ、2734番が一致する……。

検算する。三度の検算で、同じ番号が出た。

ビンゴ！　金塊発見。

LAC2734に該当するシリアルナンバーは42―68223……サンテグジュペリだ！

「クリスチャンは黙して語らず。ブリアンは目をぎらぎらさせている。私はと言えば、まるで体内時計が止まったような感じだった……」

我に返った男たちを襲った思いは唯一つ、それでも世の中は皮肉なもので、こんな発見にも意地悪な連中がいて何を言うか分からない……。ブレスレットをめぐる、ビアンコ症候群であった。

カステヤーノは、ロッキード社の元航空機エンジニアであるジル・セファラットを通じて、ジャック・カーティスに電話した。

この二人のアメリカ人は、よく動いてくれた。資料を送ってきた。問い合わせた番号は、確かにF―5Bに一致していた。そして、末尾に来る「L」の文字はロッキードの頭文字ではなく、ビームが機体の左側であることを示す「Left」のLだった……。そうか！　それには気がつかなかった！　eメールのやりとりは太平洋を挟んで行き来した。そして、ついに扉を開くまじないの言葉が届く。発見が間違いないことを証明する、ロッキード航空機会社からの正式文書である。

# 第18章

さて、サンテグジュペリの遺族との関係は、そこでどうなっていったか？

六十年間も行方が分からなかった飛行機が、遺族に何の連絡もなく公式に特定されたというのは、いささか残念な事に思われた。

ついに正式許可が下り、以後の作業はマルセーユのドラスム（DRASSM・水中・海中考古学研究所）が監視することになった。コメックス社とアエロ・ルリック社の社長は、遺産相続人との接触を検討する。ベッケールはこれにはより消極的だったが、全員の考えに従った。

ビアンコと言えば——彼のことはすっかり忘れていたが、まだ裁判が続いていた——彼は、逆風に立たされていた。

二〇〇四年四月七日、ジャンとフランソワのジロー・ダゲー兄弟がジェオセアンにある機体の破片を見学しにやって来た。それ以降、彼らは前面に出て来るのだが、それはフレデリックが「作家の作品と思い出のための会社」社長の地位を失ったからであった……。それでもジャンの鼻息は荒かった。

「あなた方の作業の進行状況についてどうして何の連絡もなかったのですか?」

「機体の破片に間違いないのは分かってはいましたが、登録番号が見つかるかどうかは確信が持てませんでしたからね」

「最初からこちらに知らせるべきではなかったんですか」

「ドラスムとしては、マントンからマルセーユの海底で、何か見つける度にいちいち遺族に連絡はできません」

遺族の機嫌は直らない。

「叔父がそんな場所でいなくなるわけがありません」

『ラ・プロヴァンス』紙の記者、エルヴェ・ヴォードワが、——『エルヴェは、きちんとしているし、信頼できる』とヴァンレルは太鼓判を押す——カステヤーノ、グランジャンと一緒にこの場に立ち会っていた。彼が一刀両断に議論を解決する。

彼は、こういう話を持ち出した。

一九四四年六月二十九日、自身の四十四歳の誕生日の日、サンテグジュペリがサヴォワ地方への偵察飛行に出動したのはよく知られている。この時、エンジンが故障して、彼はアルプス上空からポー平原[訳注]を通過しコルシカ島に向かう「直進進路」を選び、最短距離で基地に戻ろうとした。進路上にはジェノアがあり、ジェノア港はドイツ軍の高射砲で堅く防御されていた。もしサンテグジュペリがこの日に撃墜されていたとしましょう。すると、どうなりますか？　イタリア北部地域で、もっと言えば、ドイツ軍が防御していたジェノア地域に墜落したとして、その機体が今見つかるなんて絶対に考えられません。そうでしょう！

ジャンはこの論証を認めたが、それでもこう釘を刺した。

「この残骸が、行方不明の叔父が乗っていた飛行機のものだとおっしゃりたいのはよく分かりました。でも、これだけでは不十分です。さらに証拠を見せていただきたい」

ダゲー兄弟は、これでもまだ足りないというのか？　破片を目にして感激していたフランソワ・ダゲーはすぐに、遺族側も少し譲歩すべきではないか、と言った。また、もう少し心を開くべきでもある、と。

双方、主旨は理解した。

---

ポー平原：イタリアの北部および中部の四州（ピエモンテ、ロンバルディア、エミリア・ロマーニャ、ヴェネト）にまたがるポー川流域の平野。アルプス山脈とアペニン山脈にはさまれた東西に延びる平野で、肥沃な土地と水と交通の便により古くから豊かな農業地帯となってきた。イタリア国内で最も経済活動の活発な地域。

四月上旬、サンテグジュペリ機の特定結果の最終確認が発表された。インマドラス本社に世界中から問い合わせが殺到した。記者発表のテレビ中継が決まり、全員の顔が引き締まる。

正式記者会見は、二〇〇四年四月九日にイストル基地で午前十時三十分に行なわれた。軍施設には公式行事の飾りつけがほどこされていた。司令部がスタッフを出迎えた。

ドラスム代表と並んで、当時、ル・ブールジェ航空宇宙博物館館長であったアルバン将軍も出席していた。リウーで引き揚げられたライトニングの残骸が、赤い絨毯の上に置かれて公開された。カステヤーノもこれを見ていた。

「みんな写真を撮ったり、ビデオを回したり、触ったり、残骸に群がっていたが、私はなぜか機体に近づくのがはばかられた。群衆がいたからというのが理由ではなく、心の中になにかそうさせないものを感じていた。私は遠目に見ながら、初めてこの機体に出会った時の、そして歴史を書き変えることになった番号の存在をあの機体が『見せてくれた』日の、もはや遠い思い出に浸っていた」

残骸は間もなく、ル・ブールジェの博物館に移された。コートダジュールの巻は、ここで終わる。

二〇〇四年六月二十三日。航空宇宙博物館。民間及び軍事の権威を招待して、名誉ある大祝賀会が開催された。名誉招待客のテーブルには、退役軍人会のお歴々と並んで、ジロー・ダゲー兄弟が列席していた。疑問が一つ。ブレスレットの発見者と、F―5Bの発見者はどこに座っているのか？　マルセーユのスタッフに連絡が届いていた。祝賀会は、ジロー・ダゲー兄弟の遺族感情を刺激しないように、分離開催される。遺族のためには二十三日。翌二十四日に「発見者たちの夕べ」が予定されていると……。

二十三日に正式招待されていたのは、スタッフのうちたった二人だけであった。アンリ・ドゥローズとピエール・ベッケールである。ドゥローズは、男らしくも招待状を破り捨てた。残りのスタッフは、「ダイバー」風情と見下げられたわけで、この小細工には涙もひっかけなかった。しかも、不愉快千万なことに、カステヤーノは彼がしたためた有資格の科学的責任者だけに許される捜索許可獲得に必要な鑑定書の署名が書き変えられていたことを知った。

ル・ブールジェの祝賀会はマスコミに大きく報道された。翌日は発見者の呼ばれる番であった。和解した彼らは、とにかく招待を受け入れた。だが、そこで臍をかむ思いにさせられる。ジャン・クロード・ビアンコと副漁労長のアビブ・ベンアモール、リュック・ヴァンレルとフィリップ・カステヤーノ（カヨルは都合で来れなかった）たちは、午後五時に博物館入口にやって来た。彼らも、一般客と一緒に並び、入場券を買わされた。

開場の時間となって、扉が開けられた。入口でも身分証明証の提示を求められた。話が通っていないのだ。二時間後、――幸い、博物館を見学して時間をつぶしたが――リュックの携帯電話に連絡が入った。ドラスムのパトリック・グランジャンだった。ビュッフェで待っているという。前夜の祝賀会のような招待客のテーブルは用意されていないし、給仕の数もずっと少ない。けっ！　彼らは、アルバン将軍と二言三言、言葉を交わしたが、将軍はまるで頓珍漢なことしか言わず、招待客にまぎれて見えなくなった……。八時。ほとんど何も食べていない。ここにいても、不愉快になるだけだ。

カステヤーノは、もう一度アルバン将軍をつかまえて、はっきりとぶちまけた。南仏からの客をまるで厄介者扱いにしている――旅費も宿泊費も自己負担で！――そもそも、自分たちは公式の名誉招待客ではなかったのか。ひどい話だ。彼らは一斉に将軍に背を向けると、憤然とその場を去った。

マルセーユに戻り、またいつもの生活が始まった。サンテグジュペリの冒険物語は終わってしまったのか？

そうだ。世間ではそうかもしれない。だが、この二人は違う。

リュック・ヴァンレル。彼は新しい調査を開始した。

そして、ジャン・クロード・ビアンコ。彼は、一貫してジロー・ダゲーと戦っていた。まずはこの話から、できるだけ手短に片付けよう……。

ジャン・クロードは譲歩した。彼の発見の信憑性を疑う者はもう誰もいない。相続人側が、装飾品を引き揚げたことに感謝する旨を一札書いてさえくれれば、自分としては告訴を一切放棄する用意があると表明した。だが、この努力も無駄であった。

こうなったら、とことんやるしかない。

二〇〇五年三月、われらが海の男はまたもや訴えを却下され、諸経費の負担を言い渡された。ブレスレット発見七周年記念日を寂しく祝った後、ようやく彼が認知を勝ち取ったのは秋の声を聞く頃であった。十月三十日、フランソワ・ジロー・ダゲーの署名入りの手紙が届き、ブレスレットはル・ブールジェ博物館に寄贈され、発見者としてビアンコを寄贈式に正式招待する、と知らせてきた。

二〇〇五年十二月十四日、今度は博物館のレターヘッド付きの手紙が届いた。新館長のジェラール・フェルゼール直々による、二〇〇六年一月二十九日のサンテグジュペリ生誕記念日への招待状であった。

ジャン・クロードは、自分の一番の希望は乗組員の名前を添えたトロール船ロリゾン号の写真を、オープン予定のサンテグジュペリ展示室に飾ってもらうことです、と確認して招待を受諾した。オープニング・セレモニーは予定より一週間早く行なわれた。ジャン・クロードは会場で、見事なコードロン・シムーン機（『星の王子さま』の作者がリビアの砂漠で不時着したのと同型機）や、彼のノート、所持品、写真そしてレジオンドヌール十字勲章などを見た。リュックがマルセーユ沖で発見した車輪の脚やターボコンプレッサーの吸気口スクープもあった。そして、ブレスレットがあった。ブレスレットは、プレクシグラスのプレートに架けてあり、空中に浮かんでいるようにディスプレイしてあった。遺族が博物館に貸与して、この運びになったのが実情である。サンテグジュペリ博物館が設立された暁には、そこに移す約束の下に……。

「アントワーヌとマルセーユの漁師との遭遇は、大きな出来事だったと言える」

フィリップ・カステヤーノは言い切る。

「銀製のブレスレットが母国フランスに還って来たのだから。そして、二〇〇七年の復活祭でフランス国家はレジオンドヌールの新叙勲者を決定した。その人こそ、ジャン・クロード・ビアンコだった！」

# 第19章

冒頭のラジオ番組のことを思い起こしていただきたい。二〇〇四年四月、ユーロップ1のスタジオから出る時、リュック・ヴァンレルが秘密を守る約束で打ち明けた話とは？

一時間半の番組で、ドゥローズとカステヤーノとわれわれは、サンテグジュペリの搭乗機の発見を話題にしたのであったが、実は肝心な問題に関しては誰も答えることができなかった。

「一九四四年七月三十一日、正確には何があったのか？」である。

あの最後の偵察飛行は、どのように展開したのか？　自殺説は検討に値するのか？　彼は進路を間違えたのか？　彼は何をしに、マルセーユの近くまで行ったのか？　予定のルートは、ニース方面の、もっと東寄りでなければならない。撃墜されたのか？　だとすれば、誰に、どのような状況で？

リュックは、実はこの最後の謎の解明と取り組んでいる、と私だけに打ち明けてくれた。続く数カ月、私は彼のこのわくわくするような調査を追った。調査は実を結んだばかりだった。以下が、その経過である。

「すべてのきっかけになったのは、海底の砂や泥に生息する通称ゴルゴン（Eunicella verrucosa）というサンゴの一種だった（リュックは笑いながら振り返る）。それは、専門のダイバーでなければ気がつかないような、何かおかしいぞ、そんなはずはないのに、といった類の微細なディテールの話だ。ゴルゴンというのは、軟らかい角質の枝を付けた灌木状の花植物で、キノコのように群生している。この生物は、直立を保ち、繁殖するために、固い物の上に付着する必要がある。私は、生えていたゴルゴンの下地を掻き取った。すると泥の下に固い物があった。ゴルゴンが付着していたのはエンジンだった！　六気筒並んでいる。船のエンジンか？　もう一度、泥を取り除いた。違う、一二気筒だ。サンテグジュペリの搭乗機が積んでいたアリソンV１７１０二台の一つかもしれない。私は、製造番号と妙なロゴマークをみつけた。雄鶏の頭と下に矢が描いてある。どこかで見たことがあるが、何だったか？　数時間後、車で走っていると私の前にシュコダ[訳注]の車がいた。そこに、例のグリーンと黒と白のエンブレムがついていたんだ！　実際は、羽飾りをつけたインディアンの顔で、一九二五年にチェコ共和国でシュコダを創立したエミール・シュコダがアメリカ旅行のお土産に買ったものだった。エンジンの製造元は判ったが、まだ分からないことがあった。メッサーシュミットのエンジンにあれほど手を焼くとは。ジャック・カーティスには随分励まされた」

これが、リュックの二度目の調査の第一歩だった。この仕事の中で、彼は二人の主要なパートナーを得た。フィリップ・カステヤーノとドイツ人の専門技師、リノ・フォン・ガルツェンである。ガルツェンは国際工業規格に沿った比較分析を進めた。彼は海底考古学愛好家で、バイエルン州において発掘調査の正式認可を受けた団体の創立者でもある。彼は、カステヤーノと全く同じように、一九八九年のリュックによる初めてのユンカース88爆撃機発見に注目していた。そして彼も、サンテグジュペリの話に興味を持ったのだ……。

「彼は、ある天気の良い日、『こんにちは。私は潜水と歴史が大好きなんですよ……』と、ふらりと現われた」

彼は、ドイツの湖で数多くの調査を行なっていて、ドイツ空軍機の特定を専門にするようになっていた。リノ・フォン・ガルツェンは、機体のエンジンのデータを取って、サンテグジュペ

---

シュコダ：チェコの自動車メーカー。一八九九年にオートバイ生産を開始したラウリン＆クレメント社がシュコダ社に買収され、シュコダとして自動車を製造してきた。第二次世界大戦では、ドイツ軍の軍需品生産企業とされ、大戦後にチェコスロヴァキアが共産主義化すると、国営企業ＡＺＮＰとなった。ペレストロイカ、ビロード革命後、チェコ政府はＡＺＮＰ社を民営化、一九九一年にフォルクスワーゲンの子会社となった。

リの敵が存在していて、両者が撃ち合って共倒れになったのではないかという、いくつかの新聞が勝手にでっち上げていた話の是非を確かめるために抜群の働きを見せた。

リノはミュンヘン近郊のオーバーシュライスハイム航空基地にある歴史博物館でも、鑑定を担当している。パトリック・グランジャンに替わるドラスムの新所長、ジャン・リュック・マシーが、作業に認可を与えた。リュック・ヴァンレルが続ける。

「われわれが驚いたのは、逆様になったV型エンジンの間に、プロペラの回転軸の間から銃撃する二〇ミリ砲の銃身が現われたことだった。まだ銃弾が飛び出してくるかもしれない……。幸いそんなことはなく、機銃はちぎれ、同様に他の装備にも前方と特に上部にわたって強く力が加わった形跡があった。おそらくは不時着に失敗したためであろう……」

残骸は全体で、小型自動車ほどの大きさだった……。泥の海底から引っぱり出し、懸垂力三トンのパラシュートを使って引き揚げ、ポワント・ルージュの港まで曳航した。洗浄し、プラスチック・シートで覆った。それから、リノが四輪駆動車で牽引した……。シェンゲン協定[訳注]で国境は取り払われていたが、昔の戦争道具を引っ張って国境を越えるのだから普通ではない。しかし、パリのドイツ大使館付陸軍武官は、自分もダイビングをやるとあって、友好的かつ効率的に対応してくれた。彼は、迅速に手続きをとってくれた。事は進んだ。

「こうしてオーバーシュライスハイムに到着した。リノが解体作業を始める。シュコダのエンブレムで謎が解けた。エンジンカバーは、ドイツ第三帝国占領下のチェコのライセンスで製造されたものだった。製造番号は、ダイムラーベンツの工場のものだった。ＤＢ６０１、これは特にメッサーシュミットＢｆ１０９が搭載していたエンジンだ。リノはメルセデスとボッシュ社のプラグの資料を調べた。タイプがすべて異なっていたからだ。ナチスは東部戦線で困窮状態にあった。ドイツ空軍は物資の補給に不足していた。リノは、機体に様々な改良が施されているのを発見した。まさに、カメレオン・エンジンだ！　データ的に欠かせないインジェクション装置は、一九四二年の終わりから一九四四年の初めまで、下請会社『ロランジェ』（L'Orange：シュトゥットガルト本社のインジェクション・メーカー）が製造していた。使用機は、メッサーシュミットF―4である」

ドイツにあった資料から、リノとフィリップ・カステヤーノは、F―4型機は二機だけがリウー島海域で行方不明になっていると断定した。一機は、一九四三年十二月二日に行方が分からなくなっている。

「空中戦は、マルセーユ港の港湾設備を破壊しにやってきたB―17四発爆撃機編隊を援護する

---

シェンゲン協定：一九八五年六月にルクセンブルクのシェンゲンで調印された、ヨーロッパ各国の共通の出入国管理政策及び国境システムを可能にする取り決め。アイルランドとイギリスを除く二十九ヵ国が協定に調印し、協定加盟国間の国境検問所は撤去されており、共通のシェンゲン査証により各国への入国が可能である。

第十四戦闘機部隊のライトニングP―38との間で展開した。この日、メッサーシュミットBf109とフォッケヴォルフ190の戦闘機計七機が、事故を起こしたか撃墜されるかして、海中に墜落した。この海域で墜落した唯一のF4型Bf190、製造番号8085の飛行機は、下士官アレクシス・フュルスト・フォン・ベントハイムが搭乗していた『赤十二番』機で、機体もパイロットも行方不明となった」

二機目は、一九四四年一月二十一日に行方不明になった『白十四番』で、下士官エドムンド・シュトッパントといったが、最終的にシュトッパーニが正しい名前であると分かった。印刷ミスかコピーのせいだろう。調査は根気のいる仕事だ。しかし、それがすべてではない。オーバーシュライスハイム博物館の技術者の検査で、問題のエンジンは事故機のメッサーシュミットF2型のもので、それが本来はDB601E型エンジンを搭載する通常のF4機に付けられていたことが確認された。だから、工場の製造番号と飛行機の型式とが合致しなかったのだ。それに、この飛行機に乗っていた若きパイロットのアレクシス・フォン・ベントハイムは初めて出撃したこの日に撃墜され、海中に消えたのだった。その八カ月後、まさにこの機体の上にサンテグジュペリの飛行機が覆いかぶさるように落ちてきたとは、またとない偶然だ。しかし、リノ・フォン・ガルツェンは飛行機から得られる情報を待つ間も、関係者の調査に動き出す。彼はまず、シュトッパントという名字を当たり、ある家族に行き当たった。しかし、その家系は十九世紀で途絶えていた……。行き詰まったからといって、ぐずぐずしてはいられない――前進あるのみだ――、次にアレクシスの遺族に会いに行った。ベントハイム大公とシュタインフルト大公はドイツでは有名だ。ヨーロッパの貴族社会に多くのつながりを持っている。アレクシスの死去に伴い、弟のクリスチャンがフュルスト大公の称号を継いでいた。この称号は、王と王子の中間にあるもので、フランスの貴族にはこれに該当する位はない。大公に、ベントハイム、シュタインフルト両家の全領地を治める権限が与えられた。

リノは、フリブールの軍資料室から、南ドイツ戦闘機部隊[原注1]JGr南部方面隊員だったアレクシスに関する貴重な資料を入手することに成功した。彼もまた、戦闘機パイロットだった弟のクリスチャン・フォン・ベントハイムに、行方不明になったアレクシスの情報があることを弁護士を介して知らせることができた。反応はすぐ現われた。

「至急連絡をいただきたい」

大公は六十年間ずっと、兄の身に正確には何が起こったのか知りたいと望んでいたのだった。二人の人物は、初対面ですぐに通じ合うものを感じた。クリスチャン・フォン・ベントハイムは、リノのおかげで過ぎし昔を振り返り、忘れられた若者たちのことを思い出し、ナチの思想とは無縁だった彼らが、若い命を犠牲にしたことを嘆くのだった。

具体的には、ドイツ空軍は父親に知らせようと努力はしている。当時のベントハイム大公は、

---

原注1：Jagdgruppe 戦闘機部隊の略。

若き飛行士が戦場で行方不明になったことを告げる正式通知を受け取っている。このような状況では、なかなかあきらめはつかないものだ。どのような任務であったのか詳細は何もわからない。飛行機の残骸は無い。遺体も無い。クリスチャンは、重傷を負ったアレクシスがアメリカ軍に命を救われていたかもしれないという望みを心の奥深くに抱いたまま生きてきた。希望は決して消えることがない。

リノは、この運命的な任務にともに参加していた将校が書いた報告書を彼のところに持って行った。報告書は、珍しくも資料室に大切に保管されていたのだった。ドイツに長く君臨してきた一族の令息の死は、実際、尋常一様なものではなかった。

味気ない言葉で要約されているのが普通だが、この報告書はページ一杯に長々と詳細が述べてあり、戦士の勇敢さをほめたたえている。以下が、その概要である。

一九四三年十二月二日、五〇機のP—38戦闘機に護衛された一一〇機からなる連合軍の爆撃機編隊が、潜水艦基地を空爆するためにマルセーユに向かっていた。ドイツ空軍は、それを迎え撃つため、戦闘機三〇機を放った。当時まだ飛行士見習い士官だったアレクシス・フォン・ベントハイムも戦闘に加わった。彼は、敵戦闘機と爆撃機からの機銃掃射との戦い方を教え子に見せてやろう、と決意した教官の後を追って飛び立った。教官は、敵機のどこをめがけて撃つか、爆撃機の銃座にいかに接近するか、を見せようとしていた。

ところが、機銃の装填装置が故障してしまい、教官は三人の見習い飛行士に対し、彼の機の後ろにつけと言った。

「俺について来い。私がぎりぎりのところで傍らによける。撃て、の合図で撃つんだ！」

彼は、何とも大胆に飛び込んで行った。間一髪でよけた。続く一機が撃つ。後続の二機も撃った――この神風特攻作戦にも似た英雄的空中戦を、最大に賛美すべきもののように、将校は酔いしれて報告書を書いている――。P―38が反撃した。アレクシス・フォン・ベントハイムは機体もろとも消えていった。


この報告書を読めば、教官が息子を死に追いやった経緯をフォン・ベントハイム大公に知られたくなかった司令部の対応が分かる。

これを書いた将校について言えば、この戦闘の二カ月後に彼も戦死している。かくて事実は封印され、ベントハイム一族最後の二人の子孫に知らせる必要なし、と判断されたのだ。若きクリスチャンはまだ訓練兵であったが、予定より長くこの状態に据え置かれ、戦争の最終段階まで前線に送られることはなかった……。最悪なのは、マルセーユ基地には一艘の潜水艦もなかった、というとんでもない話だ。骨折り損のくたびれ儲けではないか。連合軍の攻撃に意味は無かったのだ。アレクシス・フォン・ベントハイムは、二重の意味で無駄死にだった。

リュック・ヴァンレルは語る。

「この話に力を得て、それからの数カ月はアメリカ軍の戦闘機パイロットに調査を集中した。二人のパイロットを割り出したが、残念ながらどちらも亡くなっていた。資料が無いことで困ったのはアメリカ軍についてだけではなかった。リノのすばらしい活躍にもかかわらず、敗走時にドイツ空軍の記録の大半が失われていた。司令部が下していた命令は、何よりも自己防衛にあった。大量の書類が焼かれた。私は、リノに頼んでレーダー基地と通信基地の記録を入手しようとした」

クリスチャン・フォン・ベントハイムは兄に関するあらゆる関係書類をかき集めたが、一九九〇年の初め、ある個人から——有名人の特権だ——彼の搭乗記録が送られてきたという。送ってきたのは、一体誰ですか？　リノは大公に訊いた。

「古い手紙は城の屋根裏にしまってあります……埃だらけになりますよ」

リノは、封書が投函されたドイツ中部の小さな村の名前を見つけ出した。一九四五年、多くの戦闘機部隊がベルリン地方ブランデブルグに退却していた。ドイツ軍は、ノイルピン、ヴェルノイヒェン、さらに離れたポーランド側のホーエンサルツァなどに分散していた。ソ連軍に包囲された部隊はひどい目にあった。連合軍に投降した部隊の方がまだましだった。アメリカ軍は記録文書を押収したが、必要なもの以外は興味を示さなかった。失った連合軍戦闘機の記録、パイロットの軍歴に影響する戦勝記録の証拠などである。撤収に際し、アメリカ軍は周辺住民に自由に再利用してよろしいと、書類の山を残して行った。

このようにして印刷屋に持ち込まれた書類の紙の中に、クリスチャン・フォン・ベントハイムに送られてきた文書もあったのである。気が咎めたか、印刷屋の主人はその紙を使わないでいた。搭乗記録だけはこうして廃棄を免れたのである。リノはすぐに思った。

「そこへ行かねば。生き残ったパイロットを見つけよう。生きていなくても、家族を見つけよう。それもかなわなければ、戦争が終わった時、記録文書をもらった人たちには会える。サンテグジュペリの悲劇の手がかりがつかめるかもしれないではないか」

だが、サンテックスを引き寄せるには、歩みをつまずかせる小石の一つと言うべきか、ドイツ人の側の都合とも折り合いをつけねばならなかった。

いよいよドイツに出かけていくことになるのであるが、その前にリュック・ヴァンレルの話に耳を傾けよう。彼は、リノを介してクリスチャン・フォン・ベントハイムに、ある情報を伝えたのだが、それはクリスチャンの心を一変させるものであった。リュックが語る奇妙な物語である。

# 第20章

「私と戦争との出会いは、ユンカースＪＵ88を発見した時に始まった。これは大きな話題になった。多くの人が戦争の記憶を語ってくれた。その中に、潜り漁の元チャンピオン、ラウル・アマリがいた」

「彼が話してくれた子供の頃の戦争の記憶とは、こうだ。彼が乗っていた船のすぐそばの海面に、空から飛行機の操縦席が落下してきたことがあった。危うく直撃されるところだった！　強烈な記憶は他にもある。両親は、彼が十歳の時にリウー島に住む漁師夫妻のもとに預けた。その年のある晴れた日、彼らはグラン・コングリュエ島[訳注]の断崖の下の海面に浮かぶ飛行士の水死体を収容した。彼らは、この遺体をどうしたか？　知らない、と彼は言う。彼が唯一つ憶えているのは、この頃パラシュートの布で作ったシルク地のシャツがあったことである。ラウルは私の父の友だちだ。彼はでたらめを言うような男ではない……。話はそこまでだった」

「しかしこの少し後、興味を抱いた私は話の続きを訊いてみた。だが彼は、牡蠣のように堅く黙りこくった。私は理解した。これは誰にも話してはならないことなのだ。彼は、禁断の掟を破ったのだ」

「漁師はきっと、パラシュートと飛行士の衣服だけを剥ぎ取った後、遺体を海に戻したのだ。彼らは元々イタリア系で、敬虔なカトリック信者だけに、この行為に悩み、良心の呵責に苛まれ、子供に言い聞かせた。これは秘密だぞ、と。生活は苦しかった。戦争だった。三人家族は、自給自足の生活をしていた。島には他に住人はいなかった。いるのは、野ネズミとウサギとカモメぐらいだった」

「この事実だけは消し難い。海に浮かぶ飛行士の死体。その水死体は私が見つけた飛行機の残骸に乗っていたパイロットかもしれない、と私はラウルに言った。だが彼は、もうそれ以上何も聞きたがらなかった。それ以降、一九六五年にリウー島で人骨が発見された話を私がもち出すまで、私たちがこの話をしたことは一度もなかった。地元の新聞に記事が載った。私は問い合わせ



---

グラン・コングリュエ島：リウー島の東に浮かぶ二つの島の一つ。大きい方がグラン・コングリュエ、小さい方をプチ・コングリュエと呼ぶ。この辺りの海底ではギリシャ・ローマ時代の壷が発見され、船舶の進入は禁止されている。クストーの映画「沈黙の世界」で紹介されたところでもある。

てみた。学者のアルベール某が、動植物相調査の許可を取って島に入ったと聞いた。彼は地図愛好家で、初めて島のモザイク地図を作り上げていた。『ギリシャ人の泉』と呼ばれる古代の水源――リウーという名は、リオ、リュイソー、リヴィエール（いずれも川の意）から来ている――があって、この復元を試みていた彼は偶然に、堆積層の下の小さな岩陰に簡略に埋葬されていた人骨を発見したのだった。白骨死体は全裸で、衣服を着けていた形跡はまったく無かった」

「死体には片脚がなかった……」

「この人骨はいつの時代のものか？　アルベール博士は、パリの博物館で古代人の骨を鑑定している人類学者に来てもらった。人骨は、身長一七七センチ、古代プロヴァンス人の平均的体格よりもがっちりしていた。人類学者は歴史をひも解いた。すると、この人骨は一五二七年六月に島を急襲したトルコの海賊の一人であることが分かった！　リウー島には見張り台が置かれていた。野蛮人の襲撃は、マルセーユベール、ノートルダム・ラ・ガルド、ヴュー・ポールといった沿岸の各所を経由して伝えられた。この年、八隻のトルコの小型高速帆船が防御線を突破している。

高い身長に大きい顎。突き出た下顎の歯が平たく磨耗しており、このトルコ人は古代の石臼で挽いた粉を食していたと推定される……。アルベール博士は、こう解釈した」

「この片脚の、年齢も何も分からない人骨はその後どうなったか？　私は足跡を追った。警察関係からも（失踪届けは出ていなかった）、古美術関係からも問い合わせはなかった。六〇年代、医師の間で人間の頭蓋骨を文鎮がわりにしたり、人骨を子供たちに見せるのが流行ったことがある。アルベール博士がこの人骨を保管していたかもしれない。彼はすでに亡くなっていた。私はカリフォルニアに住む彼の娘を突き止めた。考古学愛好家の彼女は、この発見のことをよく憶えていた。フランスに住む彼女の母の家に脊椎の骨が三つあった。彼女は一つを貸してくれた。頭蓋骨の方はアメリカにあった。残りは父親が亡くなった時に処分されてしまった……。私が、サンテグジュペリの調査で連絡を取ったと告げると、彼女はパニック状態になった。例の頭蓋骨は、子供たちに進化の不思議を教えるために、ゴリラの頭蓋骨と一緒に台所に置いてあったからだ！　彼女は頭蓋骨の写真を送ってくれた。私たちは、顎骨突出と額の結合部を検証した。この部分は通常、成人になると消滅する」

「顎の骨の検証で、人類学者の鑑定の誤りが証明された。顎骨突出には歯科矯正を施した形跡があった。すなわちこれは、現代人の骨であることを意味する。脊椎の分析結果はというと、二十歳から二十五歳の男子の骨であることが明らかになった。サンテグジュペリとはほど遠い」

「ところがここで、クリスチャン・フォン・ベントハイムが色めき立つ。この顎骨突出は一族の特徴の一つだったからだ。彼の兄の写真を見ると、それがはっきりと分かった。彼は、兄と二人で嫌な矯正具を付けさせられてぶつぶつ言い合ったのをよく憶えている。戦前の歯科矯正はこんなやり方であった……。二人の下顎は少し引っ込んだ。顎骨の検証が修正されて、まさに悪夢から解き放たれた。平たく磨耗した下顎の歯が強い歯軋り[原注1]によるものであることが自ずと証明されたのである」

「クリスチャン・フォン・ベントハイムは、この身元不明の遺体と彼自身のＤＮＡの検査を受け入れた……。切断された脚の原因が詳《つまび》らかになったが、それは辛いものだった。アルベール博士は人為的に切断されたものと推測したが、四肢切断刑はできるだけ最小限にとどめて行なわれる刑罰である。人類学者は、戦闘で失われたものと考えていた。死体は膝から下が切断されていたのだが、アルベール博士の撮影した写真ではそれが分からなかった。これは、メッサーシュミット１０９が事故に遭ったときに典型的に起きる、もぎ取られてできる傷なのだ。パイロットの脚はペダルと計器盤の間に挟まれ、流血していた。そして、飛行機から投げ出されたのであれば、操縦席に脚だけが残されたのだ……。膝から下を残して。膝の皿ももちろん無い……。パイロットは重傷を負い、絶命した」

「そもそもは、サンテグジュペリではないかと考えてこの調査を始めたのだった。だが、無駄ではなかった」

「これで、クリスチャン・フォン・ベントハイムは兄を埋葬し、冥福を祈ることができるだろう」

原注１：歯軋りは病理学的には、bruxisme nocturne（夜の魔術）と命名されている。

# 第21章



さて、肝心のサンテグジュペリについてはどうなのか？　リノ・フォン・ガルツェンは、生存者を追跡してドイツ中を駆け巡った。彼は、およそ一三〇人の退役戦闘機兵を調べ上げ、五人の重要人物をリストアップした。しかるべき時に、しかるべき場所にいた人たちである。彼は、順番にこの人たちに会いに行き、まずベントハイムの飛行機の話から切り出した。この段階では、彼らはすらすら話してくれた。ところが、一九四四年七月三十一日の話になったとたん、突然口を閉ざすのである。彼らの部隊は限られた数で構成されていた。仲間内で固く守っている秘密厳守の約束が存在する可能性が非常に高い。一九四四年八月一日から遅くとも二日の間、敵の無線を傍受していた彼らには、アメリカ軍がサンテグジュペリの消息を追っていたことが分かっていた。

しかし、サンテグジュペリは侵すべからざる存在である。超一級のパイロットであり、空飛ぶ魂であり、象徴的ヒーローであり、その死はとても受け入れがたいものだ。

リノは絶望的になっていた。リストアップしたパイロットの名前が次々に削除されていく。彼は続けた。ある元パイロットは高齢を嘆いた。もう何も憶えていない、と言う。それでも最後に、ホルスト・リッパートに会えば何か分かるかも知れない、と言った。一時期、ＪＧｒ[訳注]に所属していたパイロットである。この元パイロットは、こう付け加えた。

「連絡してみなさい。サンテグジュペリのことはもっと知っているはずだ。それに、非常に明快な男だよ」

リノは電話番号を見つけ、ホルスト・リッパートに電話した。

まずは、その経緯を語ってもらおう。

「私は、まずサンテグジュペリの飛行機の残骸と同時に発見されたメッサーシュミットのエンジンについて詳しい事を調べている歴史家です、と自己紹介した。すると彼は、突然『これ以上調査はしなくてもいいですよ。エグジュペリを撃ち落したのは私です！』と答えたのだ」

「電話口でだった！　まさか、こんなショッキングな話を聞くことになるとは思わなかった。私は、しばらく言葉が出なかった。そして、もう一度言っていただけませんか、と言った。彼は、繰り返した。私は、詳しいことを訊ねた。詳しいこと？　そんなのないですよ！」

「二日後、私はドイツ北西部に向かった。リッパートと午後三時に会う約束だった。少し早めに着いたので、車の中で時間をつぶした。三時きっかり、呼び鈴を鳴らした。彼が扉を開け、奥さんの方を振り返り、『この青年は時間に正確だね。いいことだ！』」

「一点稼いだ……」

「もう八十八歳で髪は真っ白だったが、ホルスト・リッパートは、かくしゃくとしており、体格もがっしりとしていた。特別、感激している風でもない。頑固っぽさを見せながらも、年輩のドイツ人特有の性急なところがある。すぐに本題に入った。フランス風の婉曲な言い方はしない。私は、こうしたそぶりを見せるこの年代の年配男性には慣れている」

「一九四四年夏の出来事の話に入った。彼を証人とするには早すぎる。まずは証拠を固める必要がある。彼が話した詳細の数々は、納得のいくものだった。ホルスト・リッパートは、記録が証明している通り、Süd Jagdgruppe 200の隊員で、ツーロンからマルセーユにかけての地域を何度も飛行していた。何よりも彼は、任務報告を提出していた。それでも、残骸を発見したと聞いた時の印象を語る彼は、その頑丈な体を震わせていた。あの時彼は、無念にも自分がサンテグジ

---

ＪＧｒ：一九四四年六月から九月までユンカースで南仏地域をカバーしていたドイツ空軍南部戦闘機部隊、Süd Jagdgruppe 200のこと。隊長はヒューバート・クレック少佐。二四回の空中戦に勝利し、パイロット五名が戦死。同年九月九日に解散している。

ユペリを撃ち落したことを確信したのだった」

「それ以来彼は、『誰か』が会いにくるのを『待っていた』。彼には、すべてを打ち明ける心の準備ができていたのだ。しかし、あまりにも傷ついていた彼は、『これ』を公にすることは拒絶した。そうなれば、彼の人生は粉々に砕かれ、壊滅してしまう。戦後すぐ、彼はドイツのテレビ局2チャンネルのスポーツ番組の制作を指揮し、この関係でミュンヘン・オリンピック組織委員会にも参加した。自分の過去が知られていたら、何と言われていただろう？　あのような仕事ができただろうか？　引退した今も、これが口外されるのは拒否している。そんなわけで、発見者グループだけの秘密にとどめることを約束して、私は辞去した」

「それから私は再びこの問題に取り組んだ。彼に電話して、彼が死んでしまったら、もう誰も私の話を信じてくれなくなる、と言った。ペテン師呼ばわりされるかもしれない。謎の真相が、いつの日か反論不可能な形で証明されるために、覚書を残しておいて欲しい、と頼んだ。彼は、死後開封を条件に文書を彼の公証人に預託することを承諾した（写真および付録資料参照）。根気よく説得した甲斐があって、彼はインタビューを映像に記録することにも同意した」

「歴史との奇妙な出会いだった。彼は、作家の名をできるだけ短く縮めて呼んだ。恥かしさと、根本的には良心の呵責に苛まれていたのか、短く『エグジュペリ』と呼ぶのであった」

ホルスト・リッパートは、容易に解明できるような人物ではない。彼には複雑な心理面がある。リノ・フォン・ガルツェンは、彼についてはある種の責任感を感じている。ちょうどよいタイミングで、歴史家が現われたのだろう。幸運だった、と彼は思う。おそらくリッパートは、重荷から開放されたかったのだ。しかし、何という苦渋の告白であったことか！　今は、リノまでが罪の意識を抱いている。束縛と真実、秘密と沈黙の間で、シャーデ（schade＝無念）のひと言を絞りだしながら、Jagdgruppe 200の元パイロットは、ドイツのテレビ局のカメラに向かって、語り始めた。それはこんな内容であった。

## ホルスト・リッパートの物語

### 第一幕・パイロットになった頃

「戦争前は、空では色々な事があった。若者の多くが魅せられていた。私も思った。これだ、ぼくのやりたい事は！と。飛行機の操縦を習おう！　私はアクロバット飛行士の民間ライセンスを取得し——当時は珍しかった——空軍に入隊、南部戦闘機部隊特別攻撃隊に配属になった。二十歳だった。任務は主に、爆撃機の援護だった。私の隊は、マルセーユの北西、ベール湖畔にあるマリニャンに駐屯した。ある日、私はこの湖水に浸かってしまったと言うか、『着水』したと言うか、魚網を投げてもらって救助されたことがあった。水深九メートルの湖底に沈んだ飛行機は、クレーンで引き揚げた。メッサーシュミット１０９機で、出たばかりの新型機でテスト飛行だった。機体は港に運ばれ、吊り下げられると中から十数匹のウナギと一緒に泥水がどっとこぼれ出た。しばらくして、航空雑誌の『デア・アドラー（Der Adeler＝鷲）』に『メッサーシュミット109でウナギを捕まえた初のドイツ軍戦闘機パイロット、ホルスト・リッパート』と書かれたものだ！」

「一九四四年の夏、わが軍はアメリカ軍の爆撃機による領空内侵入を防がねばならなかった。かくして、わが軍はコルシカ島とその他の地中海の島々の上空に進攻し、敵の四発爆撃機や船隊を牽制した。すでに、ノルマンディー上陸作戦が始まっていた。作戦はすぐに終わるものと期待していた。連合軍にドイツに進攻される不安を抱きながら、ニュースを聴いていた。われわれは『敵は攻めては来ない』と言っては、家族を元気づけようとした。ノルマンディーで友軍が戦っているのだ。それがわれわれの務めだった。空元気ではあったけれど……」

「この休み無き戦いが数カ月続き、ドイツでは防御線を張る必要が出てきた。敵の前進を止めるために、ドイツ軍はしばし攻撃の手を休め、陸軍と砲兵隊の戦線に休息をとらせた。空の戦線を掃討する必要があった。つまり、飛ぶことだ。巧妙に飛びまわり、的確に撃つ！　私は活躍した。戻って来ない者もいた。基地に戻ると、休息するのもそこそこに、われわれの『猟場』に向かってまた飛び立っていく……」

## 第二幕・わが空中戦法

「戦法と言うよりも、必要、勝つ意志、とでも言うべきだろう。まず、生き残ること。そして、敵を撃つとすぐにそこから離れ、市街地に墜落させないこと。だから、機体の表面かエンジンを狙って撃った。弾が命中すると、だめなパイロットはパニックになる。敵を不時着か、パラシュート脱出に追い込めば私は満足だった。私は、敵を殺すのが目的では全くなかった。飛ばせないことが目的だ。それが私にとっての勝利であり、自分の隊に広めたかった考え方だ。仲間は言っていた。ホルストって奴は、射撃が上手で敵をやっつける。でも殺さない。ここに満足感があった。何機撃墜したかって？　三〇機ぐらいだろう。記録では、二六機から二九機だそうだ。でもそれは、重要なことではない。私には、飛ぶこと、飛んで撃つことが重要だった。本当に」

**第三幕・七月三十一日の事……。**

「あの日のことは完璧に憶えている。私は、ツーロンからマルセーユにかけての偵察と敵機の進入遮断の任務を帯びて出撃した。原注1　この地域に、アメリカ軍機が目撃されていたので状況を把握する必要があった。ツーロンを過ぎたところで、突然、双胴のライトニング機がマルセーユに向かっているのを確認した。こいつは、たった一人で、俺のシマに何しに来やがったんだ……。私

---

原注1：一九四四年七月三十一日、Jagdgruppe 200には一九機しか残っておらず、使えるのはうち一二機だけだった。この飛行機不足状態により、司令部は連合軍機の重要部に標的を絞った直接攻撃のために戦闘機を使う戦略をとり、敵を追い払うのではなく、先に仕掛ける方を選んだ。

はライトニングが旋回するのをやり過ごし、多分敵は退却するだろうとふんで、自分も旋回した。とんでもない。私は動かずにいた。敵機は、変わった飛び方で、ずっと下を見ながら、あっちへ行ったり、こっちへ行ったり、大きな弧を描いて飛んでいる。高度二〇〇〇メートルでこんな不安定な飛び方をするなんて、まるでアマチュア並だ。厳しい空中戦が続き、それが日常茶飯事になってしまった昨今、これは異常だ。どうやら、偵察飛行らしい。通常、ライトニングは写真撮影では高度一万メートルは昇る。ところがこいつは、はるかに低空を飛んでいる。こちらのことも気にしていない！　この状況が続いた……」

「私は思った。そうか、奴さんよ。退散しないというんだな。だったら、仕留めさせてもらうぜ。私はライトニングの前方に回りこみ、胴体ではなく、翼をめがけて撃った。命中した。機体は破損して、真逆様に海中に墜落した。海面で大破した。誰も飛び出さなかった。これ以上は、何もない」

「パイロットの顔は見ていない。見たとしても、それがエグジュペリだと判るはずがない。私は、彼でないことを願った。今もだ。子供の頃、学校の友だちは、カール・マイ[訳注]の小説と並んで、みんな彼の本を読んでいた。南半球からその彼方までを行く冒険物語だ。ぞっこんだった。空の世界、飛行士の哲学と感情の描写は絶品だった。彼の作品に刺激を受けて飛行士になった者が沢山いた。彼の人物が好きだった。彼の顔はいくつか写真で見たことはあった。だが、空の上で区別できるほどではない。分かっていたら、彼に向かって撃つはずがない！」

「彼の飛行機は炎上していた。あの飛行機にエグジュペリが乗っていたと後で聞かされた。何てことだ！　何てことをしでかしたんだ！　でも、分からなかったのだ！　知っている人を狙ったんじゃない。かかってきた敵の飛行機を撃ったのだ。それだけだ。これが起きたことの全部だ」

## 幕間・事実経過

サンテグジュペリは、サヴォワ地域を高高度から写真撮影する任務を帯びて、八時四十五分頃離陸。九時四十五分前後、コルシカ岬にあるアメリカ軍のコルゲート・レーダー基地が彼のイエール上空進入を報告。十時、シャゼル・シュール・リヨンのドイツ軍レーダー基地が、ブロンとエクサン・プロヴァンスの戦闘機隊に単独飛行中の敵機が、アヌシーとグルノーブル間の高空で行き来を繰り返した後、南に進路を取り、姿を消したとの警報を発令。ドイツ軍は再び、ドラギニャン方向に機影を確認。ドイツ空軍の観測機は単独飛行中の機体がカステヤンヌ方向に消えた、と報告。

ホルスト・リッパートが、エックス・デ・ミル（エクサン・プロヴァンス郊外）から出撃。ツー

---

カール・マイ：ドイツの冒険小説家（一八四二年〜一九一二）。アメリカ西部を舞台にした『カール・マイ冒険物語』シリーズなど、いわゆるインディアンを主人公とした多くの冒険小説を書いた。

ロンの東にあるドイツ軍高射砲基地から、風に向かってジグザグ飛行している双発機を確認した、と報告が入る。

リッパートはライトニング機を発見、撃墜する。無線で勝利を報告。

## 第四幕・基地帰還

「敵機を撃墜すると、無線でそれを知らせることになっている。どのようなタイプの飛行機を、どこで海中に撃ち落したか、を知らせるのだ。ツーロンの近くだったと思うが、私はその報告をした。うちの仲間がこんな飛行機をどこそこでやっつけた、という事実経過を地上の仲間が記録した。仲間とは、私のことだ。そこにエグジュペリがいたかどうかは、誰も問題にしない」

「基地では、あらゆる周波数の無線を傍受していた。ライトニングが一機撃墜され、そのパイロットが有名な作家で飛行士だったことなどを知らせるフランス軍の通信も含まれていた。ただ、こう自問するしかなかった。『彼をやったのは俺か、それとも他の誰かか?』特にこの日は、次々と出撃していたので、それが誰かは分からなかった……。部隊の報告が提出され、そこに記録が書いてあった。敵機のリスト、日付などだ。私は、エグジュペリが消息不明になったのが悲しかった。私は、彼のことがとても好きだった。彼は、読者をとらえて離さない、そんな作家の一人だった」

「私が一人前のパイロットに仕込んだ仲間が言った。『彼じゃないことを神様に祈れよ。済んだことは仕方がない。今さら、どうしようもない。彼だとは、ぼくは思わないが、彼をやったのが君であれ、他の誰かであれ、もうくよくよするな！』　私は彼に、ありがとうと言った。この言葉で、少しは救われた」

## 第五幕

「いなくなったのは米軍機だ。正式に何を報告すればいい？　何も分からない……。私は、無事に帰還した……。この後に提出した戦勝報告で、私は辛い目にあわされた。撃墜したのは四発機だった。搭乗員はパラシュート脱出した。機体は墜落。海中に落下する際に機体が突如炎上した。だが、私のことを明らかによく思っていないある中尉が反論してきた。

「ちょっと待て。これはおかしい。お前は虚偽の報告をしている」

「何がですか、何のことですか？」

「海中に落下した際に、炎上した、と言ったな？　そんなことはあり得んのだ！　水中で、火がつくものか」

「私は、南部戦闘機部隊の隊長に来てもらい、証人になってもらった。隊長は、この青二才の中尉に、お前は海上での空中戦のことなど何も分かっていない、と言ってくれた。衝撃時に引火した燃料は、当然水面で燃え上がるのだ。私は赦され、仲間たちは喜んでくれた。一件落着だ。私を嘘つき呼ばわりした愚かで無知な中尉は惨めなものだった。笑い事ではなく、私は済んでのところで長く営倉入りさせられ、降格になるところだった」

「彼の敵対心には訳があった。私は、アーリア人証明書を所持しておらず、そのせいでユダヤ人、もしくは混血ユダヤ人と見なされていた。私の一家は有名な音楽家一族だった。ロシアの一地方でずっと続いてきた家系だ。一族にはロシア歌劇の至宝、イヴァン・レブロフ[訳注]がいるが、レブロフは芸名で、デビューした時は、本名のハンス・ロルフ・リッパートだった」

「イヴァン・レブロフは私の弟だ。テノールからバスまで歌える四オクターブの声域を持つ彼の歌声は世界的に有名だ。彼も、この件で尋問されている……全く問題なかった。ドイツ空軍では、このアーリア人問題で私に敵対する者がいた。だから、単なる報告書や推測だけを理由にして、飛行禁止処分にされた。こんな状態が数カ月続いたが、有名な名操縦士の部隊長が、私がアクロバット飛行で複葉機を操っていたのを知っていた。彼は、うれしいことに、これほどの腕のパイロットを直ちに前線に派遣しない手はない、と断言してくれた。そういうわけで、私は再び思い切り空を飛び、数々の戦勝を重ねることができた」

「ゲーリング閣下（空軍総司令官）も、騎士十字章の授与に際し、私に言った。『考えられないことだ。許してくれたまえ』。私は昇級した。個人的にはさほど重大事とは思わないが、家族にとってはうれしいことだ。息子が飛行禁止になるなんて！　それも許され、また飛べることになった。みんな胸をなでおろしたよ」

## 終幕

「質問：六十年後に、サンテグジュペリのP―38の残骸が引き揚げられた時、あなたはどうしましたか？

答え：感激でした。それ以上でも、それ以下でもありません。結論が出たのです。騒ぎはもう終わったのです。今日私が、『彼を撃墜したのは私です』と名乗り出れば、間違いなく騒ぎになると思います。でも、私はそんなつもりはありません。以上、終わり。もう何も話すことはありません。これで全部です」

「リッパートさん、どうもありがとうございました」

「これで終わりですか？」

「ええ、終わりました」

「残念だね……」

---

イヴァン・レブロフ：ドイツのオペラ歌手（一九三一〜二〇〇八）。ベルリン生まれ。ロシア系でロシア民謡を得意とした。四オクターブ半の声域を持っていた。パリのマリニ劇場で二年間ロングラン上演した『屋根の上のバイオリン引き』のテヴィエ役は世界的に有名。彼の死後、九歳上の兄、ホルスト・リッパートが莫大な遺産の一部を相続した。

# 第22章

『人間の土地』で、サンテグジュペリは、アエロポスタルのパイロットで飛行士仲間だったアンリ・ギヨメを看病した数時間のことを書いている。ギヨメは、アンデス山中の猛烈なブリザードで事故に遭っていた。彼が生き残ったのは、勇気と責任感があったからだ。サンテグジュペリは、メンドサの病院で重傷から回復するギヨメの枕元に座っていた。

「君は、苦しそうにあえぎながら眠っていた。ぼくは思った。勇気があるね、と言われてもギヨメは肩をすくめるだろう。だからと言って、彼のことを謙虚だと讃えるのも、的外れだ。彼は、そのような月並みな資質をはるかに凌駕したところにいる。肩をすくめるのは、彼の智性ゆえだ。何事が起きても、それを経験してしまえば人はもう恐れなくなることが彼には分かっているのだ。人は、未だ見ぬものだけを恐れる。しかし、何者を前にしても、彼にはもう未知ではない。とりわけ、見るからに重い怪我を負ったその姿を見れば。ギヨメの勇気とは、その真正さのなせる業だ。（中略）このような人間を、人は闘牛士とかばくち打ちに見立てようとする。死をも恐れぬ気迫を讃える。だがぼくは、死を恐れない者を嘲笑ってやる。引き受けた責任という根を張っていなければ、そんなものは心の貧しさか過剰な若さの徴しでしかない」

この文章にほとんど自伝的なものが感じられるのは、あえて強調するまでもないのではないか？

一九四四年六月二十九日に、トリノとジェノア上空の奇跡的飛行から戻ってきたサンテグジュペリは、執行猶予中のような思いでいたのだ。カーティス・ケイトが言うように、彼が七月三十一日に姿を消したことよりも、そこまで生きたことの方がかえって不思議なのだ……。ドニ・ド・ルージュモンは、これと似た、実際に行動に移るというより、精神的志向としての『死への願望』を彼から感じている。

それにしても、敵を挑発するのでなければ、一体彼はあのような低空を何の目的で飛んでいたのだろうか？　ごく簡単な説明がまず頭をよぎる。最近の任務に気を良くした彼は、アメリカ軍司令部が彼に任務を続行させたくなるような手柄をまたジェノア地域で立て、優れた写真を撮ろうとしたのではないか。彼は戦争の申し子のような連中に対する嫌悪感とは裏腹に、いつかはしっかりとした役目を果たすために、最後まで戦う必要があると考えていた。それにしても、ドイツ軍兵士ホルスト・リッパートの射程内になぜかくも傲然と乗り込んで行ったのだろうか？

この点について、ルネ・ガヴォワルはこれまでになく明快な見解を見せてくれる。

「彼は、狭い操縦席では非常に動きづらかった。高高度では、骨折箇所や古傷がひどく痛んだ。並の人間にはとても耐え切れない苦しさだ。高高度における身体能力の衰えと、何一つ思うようにならない中で、私が思うに、彼はもう、こんなへとへとになる空の監視活動がもうすっかり嫌になったのだ」

ここに、私たちの調査は終わりを迎える。これで、すべては明らかになった。司令官、アントワーヌ・ド・サンテグジュペリが亡くなった場所は判明した。誰に倒されたかも判った。これは、満足すべき結果と言えるのか？　謎は永遠に謎のままの方がいいという声がある。どれだけ多くの人が訴えたことだろう。サンテグジュペリをそっとしておいて！　と。消息を絶ってから、こんなにも時間が経ってしまえば、真相を解明しても仕方がありません、とは彼の母の最期の言葉だそうだ。だが、一九四五年の復活祭の日に、消息を絶ったわが子を想って彼女が書いた詩がある。その詩が伝えているメッセージは、言われていることとは大いに違う。彼女は、真実を求めていた。すべての真実を。

復活の朝
ゲッセマネの園の岩陰に膝まずき
マドレーヌ、あなたの祈りを私も繰り返す
「主よ、あの子をどこに召されたのですか？」

私はわが子を探し回る
あの子を産んだ日
叫びを上げて、この世に送り出した
今も私は叫んでいる
何も分からない、何も
あの子のお墓はどこなの？

でも
「あんなにも光を求めて、天に昇って行った」
星の巡礼者、空の巡礼者
あの子は行き着いたのだろうか、神の御許に
ああ、それが分かるなら
ヴェールの下で、あんなにも涙を流さなかったのに

私たちは、フランスのために命を捧げたサンテグジュペリの最後の謎を、何とか解き明かすことができた。本書を、この地上から天に向けて、母マリーに捧げたい。

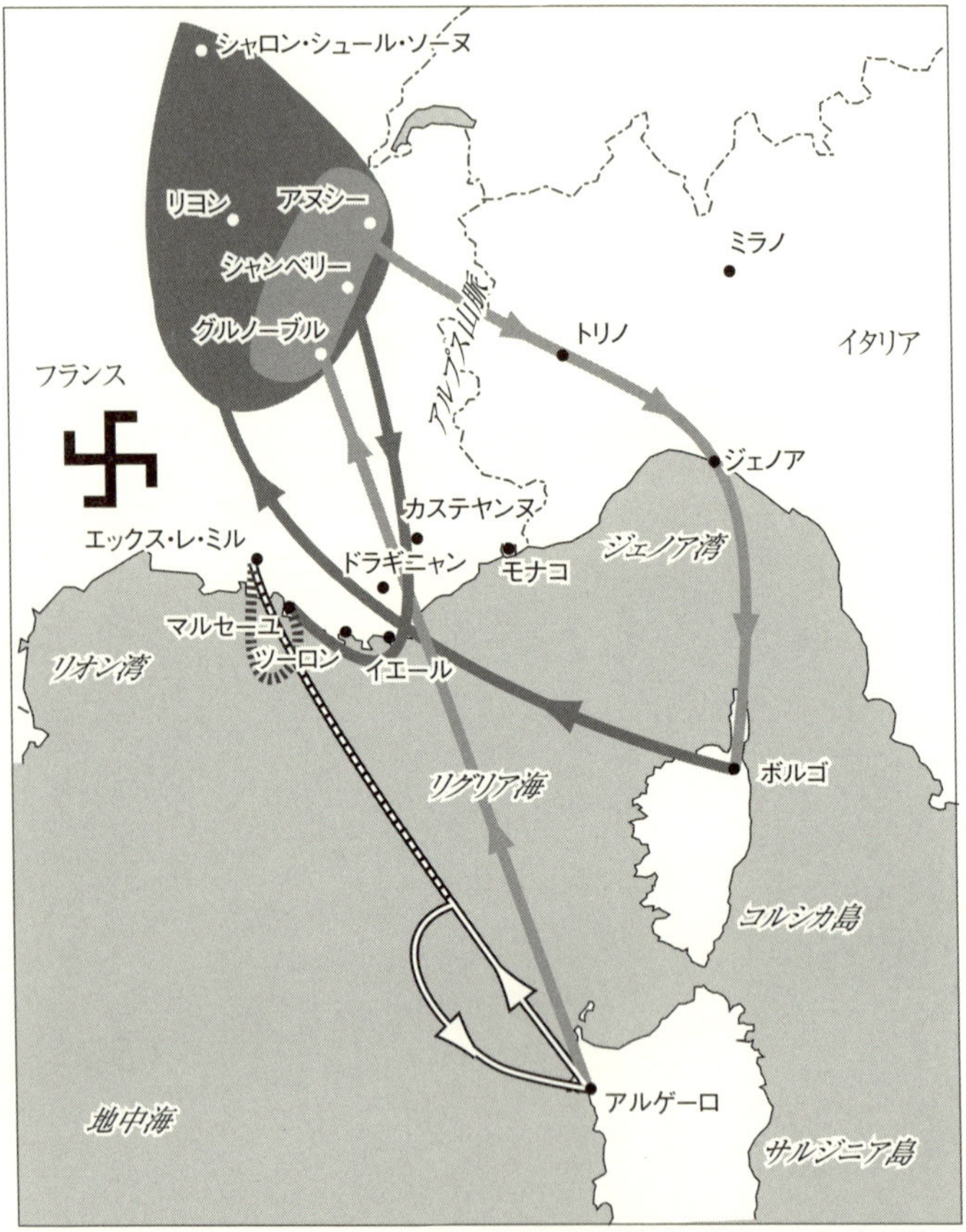


══ 1944年6月6日、マルセーユ方面写真撮影任務。左翼エンジンから発火、目的達せず引き返す。

━ 1944年6月29日、グルノーブル―アヌシー方面写真撮影任務。貴重な写真を撮影し、任務は大成功、トリノ―ジェノワ経由で英雄的帰還。

━ 1944年7月31日、グルノーブル―アヌシー、リヨン―シャロン・シュール・ソーヌ方面写真撮影任務、視界不良。サンテックスは往路イエールを迂回。(6月29日のような)任務の完遂を目指して、6月6日のツーロン―マルセーユ方面任務の中断の補完を期していたのか?

▪▪▪▪ 1944年7月31日、迎撃される。

# あとがき

若い頃、私はアントワーヌ・ド・サンテグジュペリの作品を貪《むさぼ》り読んだ。同世代の多くと同じように、まるで自分がパイロットになって冒険しているような気分になったものだ。そして、私はサンテグジュペリを忘れ、彼の記憶の中に埋もれてしまい、彼の本はどこかに紛れ込んでしまった……。

それから長い年月が流れた。地中海の海岸にやって来た私は、特別の機会に恵まれ、この二十世紀の謎に包まれた人物との新たな出会いを果たし、その不可解な失踪の謎の解明に立ち会うことができた。

まず私は、ジャン・クロード・ビアンコの所有する船、ロリゾン号の魚網にかかって偶然発見されたブレスレットの波乱万丈の冒険物語を読んだ。それは、考古学上の偉大な発見のきっかけが往々にしてそうであったように、信じられないようなすばらしい物語であった。それから、アンリ・ジェルマン・ドゥローズが、ミニベックス船上で、無駄に終わったいくつもの調査のことを、一生懸命に、熱っぽく、そして若干の苦渋をこめて話してくれた。そして最後に、謎の解明の鍵となった2734の四つの数字が刻印されていた機体の一部の写真を持ったリュック・ヴァンレルが控えていた。考古学調査もさることながら、海底に潜る方がはるかに得意なリュック・ヴァンレルは、飛行機の残骸の場所を突き止めたことに満足せず、自分が決着をつけることになろうとは夢にも考えずに、ただ頑固に新たな挑戦に飛び込んで行った。

彼と知り合ってから私たちは、他の場所にもよく行った。彼がよく知るコスケール洞窟である。彼は調査の進め方について私に意見を求め、リウー島で発見された人骨の鑑定を担当してくれないかとも打診してきた。彼はこう訊いてきた。

「私のやっていることは、考古学の範疇に入りますか?」

私の答えは、もちろんウイ! であった。こうして彼は、一歩一歩、こつこつと資料や可能性のある情報(証言、技術的データ、史料など)なら何でも集め、一九四四年七月三十一日に起きた悲劇的結末に至るシナリオの場面を一つずつ再構成していった。

今、歴史は全面的に書き変えられた。ここには、決定的瞬間が描かれており、登場人物と重要参考人が紹介されている。私も、それなりに大筋は分かっていたつもりだったが、ページを追ううちに教えられる詳細な事実に驚き、それはさらに賞賛に変わっていった。作業はきわめて困難だった。無数の険しい障害に阻まれたにちがいない。海に生きる男の粘り強さと、目的に絶対辿りつくのだという探求者の堅い意志が結合しなければ、とても実現できなかったことであろう。

これはもちろん、ジャーナリストにすれば正真正銘の「特ダネ」であり、歴史学者にとっては国家的重要性を持った事実の再構成であり、私のような考古学者にとっては、現代史に考古学を取り入れるきっかけとなる最高の一例であろう。これは、貝殻だらけのブリキ板――誰も見向きもしないような――を証拠に出発しながら、二十世紀の最大の謎の一つを解明するに至った、すばらしい一例である。

リュック・ヴァンレルが考古学者たるに相応しい能力と、海というほとんど彼の宇宙とも言える領域での完璧な知識を同時に有していたからこそ、この科学的作業が実を結んだのだという事実に心から敬意を表したい。アントワーヌ・ド・サンテグジュペリの失踪の謎は、今、決定的な解明を見た。この調査は、究極、われわれ科学者や国家遺産管理当局者に、文化財について問い直す機会を与え、何の変哲もなくなった工業産品で構成された考古学的遺跡に考古学的に取り組むならば、それだけで新たな意味と、科学的で歴史的な価値を見出せるのだということを示すものである。

このすばらしき冒険は、できるだけ多くの人に語り継がねばならない。それを今、二人の立派な語り部が実現してくれた。ジャック・プラデルとリュック・ヴァンレルに拍手を送ろう。偶然の一致とでも言おうか、これとほとんど同じ数年間に、フランスの反対側にあるロレーヌ地方で、地上の考古学者が洞穴の底からもう一人の偉大な作家の遺骨を掘り出し、明るみに出した。

アラン・フルニエ訳注である……。考古学者は皆、それぞれのやり方と方法論に従い、時には幸運にも助けられて、多くの専門家と協力しながら、現代史の失われたページを探る。彼らが、こんにち、国家遺産と呼ばれるようになった、広く国のアイデンティティの根拠となっている貴重な遺跡に光を当てるのだ。リュック・ヴァンレルが成し遂げたような業績はその先駆けであり、フランスの考古学研究の地平に広大な未来を約束してくれるものである。

クサヴィエ・デレストル
プロヴァンス・コートダジュール地方考古学研究所長

---

アラン・フルニエ：フランスの作家（一八八六～一九一四）。フランス中部の田舎町、ラ・シャペル・ダンジロンに生まれる。一八九八年に、パリのリセ・ヴォルテールに入学。兵役終了後「パリ日報」の記者となり文芸欄を担当。一九一三年、小説『グラン・モーヌ』を完成させ、エミール・ポール社から刊行。ゴンクール賞候補になるが落選。一九一四年、未完の小説『コロンブ・ブランシェ』に着手するが、第一次世界大戦の勃発により出征。ヴェルダンの南で消息不明となる。遺体がドイツ軍の共同墓穴で発見され、一九九一年に本人と判定された。現在は、サン・レミ・ラ・キャロンヌの陸軍墓地に埋葬されている。

# 付録1　戦う操縦士、アントワーヌ・ド・サンテグジュペリ

## 一九三九年

九月七日、ツールーズ・フランカザルに大尉として招集される。

十一月二十六日、偵察大隊Ⅱ―三三（オルコント、マルヌ基地）に配属、ポテ63機に搭乗となる。

## 一九四〇年

二月、ブロッシュ274機に搭乗して、マリニャン―マルセーユを飛行。

三月二十九日、オルコント基地（マルヌ）。ブロッシュ274機で初の出撃。飛行時間一時間二十五分。

三月三十一日、オルコント基地（マルヌ）。ケルン―デュッセルドルフ―デュイスブルグ上空を偵察飛行。高度八五〇〇メートル、飛行時間二時間。

四月一日、オルコント基地（マルヌ）。ケルン上空を偵察飛行。高度九〇〇〇メートル、飛行時間三時間十五分。

五月二十三日、モー基地（セーヌ・エ・マルヌ）。アラスに偵察飛行。飛行時間一時間二十分。ドイツ軍対空機関砲を浴びる。空軍から表彰され、戦功十字章を授与される。

六月九日、最後の出撃。

六月二十日、ファルマン四発機F―222でボルドー―ペルピニャンを飛行。飛行時間二時間十五分。

六月二十一日、ファルマン四発機F―222でペルピニャン―オランを飛行。飛行時間五時間。

六月二十二日、独仏戦休戦協定調印。

六月二十三日、ファルマン四発機F―222でオラン―アルジェを飛行。

七月四日、メルス・エル・ケビル海戦でフランス艦隊壊滅。

七月三十一日、除隊。

**一九四三年**
ニューヨーク
四月一日、ベトゥアール将軍の作戦のためにラグアト(アルジェリア)に召集される。
五月五日、Ⅱ―三三中隊に復帰、合計約三十時間の各種飛行を行なう。

ウジュダ(モロッコ)
六月四日、原隊と合流。
六月十九日、高高度飛行適正証明を取得。
六月二十五日、司令官に昇進。P―38に搭乗。

ラ・マルサ(チュニジア)
七月二日、中隊到着。
七月十日、ハスキー作戦(シシリー上陸作戦)開始。

七月二十一日、P—38でのシオター—ツーロン地域写真撮影任務。任務成功。飛行時間五時間五十分。被写体地域は、ポール・サンルイ・デュ・ローヌ、アルル、アヴィニョン、シオタ、ツーロン、イエール、アヴィニョン。

八月一日、目的不定。エンジンの故障で任務中止。着陸で機体の一部を損傷。米軍司令部から飛行禁止処分にされる。

八月十二日、実働飛行時間六千三百時間の経歴を持って、予備役となり、アルジェに戻る。

**一九四四年**

ヴィッラチードロ（サルジニア）

四月二十九日、召集を受けて、空軍第三一連隊I—二二爆撃部隊に配属となる。B—26の副操縦士、観測将校、あるいは機関銃手として五月十六日まで多数出撃する。

アルゲーロ（サルジニア）

五月十六日、I—二二中隊に配属下でII—三三中隊に派遣される。新聞記者、ジョン・フィリップと親しくなる。

五月二十四日、再びP—38の訓練を受ける。

六月四日、ローマ陥落。

六月六日、ノルマンディー上陸。

六月六日、F—5A126機で、マルセーユ地区写真撮影任務に出動。左エンジンが発火し、引き返す。任務遂行されず。高度一万メートル、飛行時間一時間。

六月十四日、F―5B223機で、ロデ地区写真撮影任務に出動。任務成功。高度一万メートル、飛行時間四時間。被写体地域は、ギャップ、カルパントラ、ギャップ、アルル、ギャップ、ミヨー、フィジェアック、エギュ・モール。

六月十五日、F―5B273機で、ツールーズ地区写真撮影任務に出動。酸素吸入器の故障で、引き返す。任務遂行されず。高度六〇〇〇メートル、飛行時間二十五分。

六月二十三日、F―5B273機で、ロデ地区写真撮影任務に出動。任務成功。高度一万メートル、飛行時間三時間五十分。シオタ上空で敵戦闘機二機の追撃を逃れる。

六月二十九日、F―5B273機で、アヌシ―シャンベリー地区写真撮影任務に出動。任務大成功。高度一万メートル、飛行時間四時間十五分。帰路は、アルプスからトリノ、ジェノア上空を通る。すばらしい写真を撮った。片肺飛行でボルゴに着陸。この任務で二度目の戦功章を受け、二つ目の棕櫚（棕櫚十字章）を貰った。[原注1]

---

原注1：ジェノア上空二〇〇〇メートルの低空に侵入した連合軍機に驚いた敵機二機が、旋回しようとした彼を追ってきた。窮地に陥ったサンテグジュペリは、ポー平原を通って、マルセーユ―ツーロンの危険な地区を避けた。ここから多くの逸話が生まれ、「脱出のポー平原」（ポー・デシャップマン＝Pô d'échappement＝Pot d'échappement＝車のマフラーのこと）という語呂遊びになった。

# 付録2　一九四四年七月三十一日・任務第三三S一七六号の再構成

八時四十五分頃[原注1]（一説によると八時から九時三十分の間）、アントワーヌ・ド・サンテグジュペリ司令官は、バスティアの南方一五キロのところにあるボルゴ・ポレッタの滑走路を飛び立った。搭乗機はF―5B223で、サヴォワ、ローヌ渓谷の深部、リヨン・シャロン・シュール・ソーヌ一帯を六時間かけて高高度（一万メートル）から航空撮影する任務であった。

九時〇五分頃（正確には離陸後二十五分）、コルシカ岬にある米軍のコルゲート・レーダー基地から、同機がイエール方面の沿岸部にさしかかったと報告する（レオン・ヴェルト[訳注]、一九四八年）。

カンヌのドイツ軍レーダー基地が、コルシカから離陸した飛行機が沿岸部に向かっていると報告する。

---

原注1：この記録が発掘された際には時刻はアメリカ時間で表記されていた（アメリカ時間はドイツ時間マイナス一時間）。

訳注：レオン・ヴェルト、フランスの作家（一八七八～一九五五）。サンテグジュペリの親友。ボルシェビキの父を持つユダヤ人。戦争中はナチの手を逃れ、ジュラ山中に隠れていた。サンテグジュペリは『ある人質への手紙』と『星の王子さま』でヴェルトに献辞を捧げている。戦後、ヴェルトは「トニオがいなくなった世界は、真に平和とは言えない」と言った。

（ゲオルグ・ペムラー『Landser』誌・九三年二月号）

十時〇〇分、シャゼル・シュール・リヨンのドイツ軍レーダー基地。マルセーユ近くのリヨン・ブロン基地とエックス・デ・ミル基地の戦闘機に緊急出撃発令。単独の飛行機がアヌシーとグルノーブル間の高高度上空を何度も行き来した後、真南に進路をとり、レーダー画面から見えなくなった（Fereyre　一九七五年）。機影はドラギニャン方向に消えた（ゲオルグ・ペムラー著『Route Nationale7』）。ドイツ軍の航空監視網も同様に、グルノーブル方面を単独飛行中の機体あり、と報告。この機体に相当する正体不明機が最後に目視されたのはカステヤンヌ方面（ゲオルグ・ペムラー『Landser』誌・九三年二月号）

航空下士官、ホルスト・リッパート（エックス・デ・ミル第三JGr二〇〇所属）離陸。任務：機体確認、ツーロン・マルセーユ沿岸地帯への敵の侵入であれば攻撃せよ（リッパート）。

ツーロンの東に置かれた八八㎜対空高射砲手のドイツ軍下士官が、「振り子飛行[原注2]」をしている双発機を確認（ゲオルグ・ペムラー『Landser』誌・九三年二月号）。

リッパートは、ツーロン上空をマルセーユに向かって蛇行しながら飛ぶライトニングを目撃。マルセーユは、サンテグジュペリが左エンジンの重大故障で任務を断念した一九四四年六月六日の標的地である。リッパートは高度の有利さを利用して、簡単に追いつき、ツーロン・マルセーユ間で同機の翼を機銃攻撃し、撃墜する（リッパート）。

十一時〇〇分頃、ライトニング機は三〇〇〇メートルから垂直に落下し、海上に激突、大破（リッパート）。残骸の破損状態で確認（カステヤーノ）。

リッパートは戦勝を無線で報告（リッパート）。米軍もこの通信を傍受。Ⅱ―三三大隊の写真技師、ジャックモン特務曹長は米軍の二人の将校から報告を受け、F―5B223はドイツ軍戦闘機に撃墜され、同機は海中に墜落したものと思われる、と手帳に記録した。

深夜、ドイツ軍司令部将校、ヘルマン・コルトは、連合軍の偵察機の破壊と海上墜落の報告を受けた。

---

原注2：このジグザグ飛行に高射砲手は驚いた。リッパートも同様に不審に想う。低速飛行するためなのかもしれない。パイロットは機体を左右に傾けながら飛んでいた。

# 付録3　ホルスト・リッパートのリノ・フォン・ガルツェンへの手紙

二〇〇六年十二月二十二日

親愛なるフォン・ガルツェン様

十二月十九日のご訪問にお礼申し上げます。その際にご要望のあった件についてここに明記いたします。

本日只今、私は、一九四四年七月三十一日にマルセーユ近郊にてライトニングP—38機を正午近くの時間に撃墜したことを確認いたします。

飛行方向：ツーロンからマルセーユ。

P—38機は下にいて、私が撃墜した時点では沿岸方向に向かって飛行中でした。

敬具

ホルスト・リッパート

お手紙有難うございました。

よいクリスマスを。

## 参考文献・資料

### ションブ将軍、ガヴォワル、ダヴェ、ドニ・ド・ルージュモン関連

*Icare, Revue de l'aviation française*, n°96《Saint-Exupéry, sixième époque, 1943-1944》, printemps 1981.

Antoine de Saint-Exupéry, *Œuvres complètes*, Bibliotèque de la Pléiade, deux volumes, Gallimard, 1944 et 1998.

Consuelo de Saint-Exupéry, *Mémoire de la rose*, Plon, 2000.

Marie de Saint-Exupéry,《J'écoute chanter mon arbre》, *Poèmes*, Mayenne, Imprimerie Le Floch, 1956 ; Gallimard, 1971.

*Les lettres françaises*, édition clandestine n°6 , avril 1943.

Georges Pélissier, *Les Cinq Visages de Saint-Exupéry*, Flammarion, 1951.

Pierre Chevrier et Michel Quesnel, *Saint-Exupéry*, Gallimard, 1971.

Curtis Cate, *Antoine de Saint-Exupéry, laboureur du ciel*, Grasset, 2000.

Alain Vircondelet, *La Véritable Histoire du Petit Prince*, Flammarion, 2008.

La Société civile pour l'œuvre et la mémoire de Saint-Exupéry: www.saint-exupéry.org

### 記録文書

Bundesarchiv-Militärarchiv, Freiburg
Deutsche Dienststelle (WASt), Berlin
Archive Daimler AG, Stuttgart
Archive Robert Bosch GmbH, Stuttgart
Archive L'Orange GmbH, Glatten
Archive Der Werftverein, Oberschleissheim

その他の記録資料

Sven Carlson, Michael Meyer; *Die Flugzeugführer Ausbildung der Deutschen Luftwaffe 1935-1945*, VDM Heinz Nickel Verlag (ISBN 392548034x).

Dieter Klose, Hansjörg Riechert, *Ikarus Maschinen Luftfahrt in Ostwestfalen-Lippe*, Naturw. und historischer Verein für das Land Lippe (ISBN 392248116-4).

Willy Radinger, Wolfgang Otto, *Messerschmitt Me 109*, Aviatic Verlag (ISBN 3925505431).

*Fliegerblatt* (former *Jägerblatt*). *Gemeinschaft der Flieger Deutscher Streitkräfte, Official Journal for german fighter pilots,* Issues 1972-2007. All articles concerning JGr Süd, JGr 200 and Saint-Exupery.

Georg Pemler, *Route Nationale Nr.7,* Druffel Verlag, Leoni 1985 (ISBN 3806110379).

フランス航空雑誌『イカール』

n° 30 bis,《Saint-Exupéry écrivain et pilote》, deuxième édition revue et augmentée,Eté 1964

n° 69,《Saint-Exupéry, première époque, 1900-1930》, Été-Automne 1974.
n° 71,《Saint-Exupéry, deuxième époque, 1930-1935》, Hiver 1974-1975
n° 75《Saint-Exupéry, troisième époque, 1936-1939》,Hiver 1975-1976
n° 78《Saint-Exupéry, quatrième époque, 1939-1940》,Automne 1976
n° 84《Saint-Exupéry, cinquième époque, 1941-1943》, Printemps 1978
n° 108《Saint-Exupéry, septième époque》, Printemps 1984

# 謝辞

ジャック・プラデルは、アントワーヌ・ド・サンテグジュペリのコルシカ時代についての資料の発掘に寄与された歴史学者のフィリップ・ペレッティ氏（一九四三年のコルシカ解放期の研究を専門としている）と、ドミニク・タディ氏（アルビアナ社刊『ＵＳＳコルシカ、航空母艦の島』の著者）に、また一九四四年七月三十一日、名高き飛行士とともに過ごした最後の夜について話してくれたイヴェット・モワロン夫人に特別の感謝の意を表わしている。

すぐそばで、あるいは遠くにありながら、何らかの方法で私たちを助け、支え、励まし、なおかつ支援してくれたすべての方々に、心から感謝したい。とても全員の名前を紹介することはできないほど多くの方々である。実際のところ、この探求――「調査」と言うべきか――に正確には九年を超える時間を要した。時系列的に要約すれば、以下のようだ。

一九九八年、パイロットのブレスレットが奇跡的にジャン・クロード・ビアンコの網にかかった。

二〇〇〇年、私がＦ―５Ｂ２２３の残骸を正式に特定し、発表した。

二〇〇三年、残骸の重要な破片が引き揚げられ、ル・ブールジェの航空宇宙博物館に展示された。その前に、フィリップ・カステヤーノが私の特定を立証する番号を見つけ出していた。この時、私たちの努力の成果を奪い取り、関係当局の前から私たちを追い払おうとした者がいた。フィリップと私は、この無駄なあがきをやり過ごし、粛々と自分たちの調査を続行した。この年に、リノ・フォン・ガルツェンが仲間に加わった。ここで生まれた情熱あふれる探求者の小さなグループがいたからこそ、私はこの仕事を成し遂げた幸運と名誉を得ることができたのだと思う。プラデルは初め、遠くから私たちの仕事を見守ってくれていたが、二〇〇四年にスタッフの一員となった。彼自身、ジャーナリストであるだけでなく、優れた船乗りであり、ダイバーである。彼は特に、コルシカ関係の調査を担当した。

この調査活動は、美しい、そして豊かな出会いと友情に溢れたものだった。この仕事の成果は、誰よりもまずアントワーヌ・ド・サンテグジュペリに、そしてまた、私と同じように、少年時代に彼の『人間の土地』を読み、冒険の夢にたまらなくかき立てられたすべての人に捧げたい……。私はまた、この成果を、飽くことなく私に教えてくれた父に、そして若い頃から心配をかけ続けた母に捧げる。それぞれの妻や家族は、留守がちの毎日をよく耐えてくれたと思う。アンヌ、ドミニク、レナ。ありがとう、妻たち。エマ、ロランス、オルサーヌ、ギヨーム、ヴァンサン。子供たち、ありがとう。

リュック・ヴァンレル

# 協力者一覧

著者より以下の方々に対して特に感謝の意を表する。

クサヴィエ・デレストル：プロヴァンス・コートダジュール地方考古学研究所長
同じくプロヴァンス・コートダジュール地域歴史文化研究センターの皆さん
パトリック・グランジャン、ジャン・リュック・マシー、ミッシェル・ルールの歴代ドラスム所長
同じくドラスムの全所員の皆さん

《インタビュー、資料、写真、手紙等の協力をしていただいたパイロットとご家族》
ホルスト・リッパート（JGr Süd, JGr 200）
ハンス・ファーレンベルガー（JGr Süd）
クリスチャン・フュルスト・ツウ・ベントハイム・ウント・シュタインフルト（アレクシス・プリンツ・ツウ・ベントハイム・ウント・シュタインフルト、JGr Süd，一九四三年没）
リヒャルト・ヴェルデ（ルドルフ・ヴェルデ、JGr Süd，一九四四年没）
クレック家（ヒューバート・クレック、JGr 200、一九八〇年没）
アーント・リヒャルト・フップフェルト（JGr 200）
クルト・メリセット（JGr Süd）

エルンスト・ゲオルグ・アルトノルトフ（JGr Süd）
ジーグリット・シュレーダー（ラインホルト・ファッケンタールJGr Süd, 一九四四年没）
また、クリスチャン・ガヴォワル、ジャン・ピエール・ジョンシュレー、アレクシス・ローゼンフェルド、エルヴェ・ヴォードワの各氏。

《歴史調査の協力》
クラウス・フィッシャー（アドルフ・フィッシャー、JGr Süd, 一九四三年没）
レナ・フォン・ガルツェン
ジャック・T・カーティス（第三六七戦闘機部隊、二〇〇七年没）
ヘルマン・クリンツィング（ベントハイムの搭乗手帳）
ロバート・フィライヤー、ギイ・ジュリアン、ハンスイェルグ・リヒャルト、セルジュ・ブランダン、ジョン・K・マティソン、ジョン・ポール・バセット、アルベール未亡人、ミッシェル・ワイスマン

《人類学者》
ミッシェル・シグノリ：マルセーユ大学6578・マルセーユ海洋学センター
パスカル・アダリアン：マルセーユ大学6578・マルセーユ海洋学センター、マルセーユ大学医学部助教授
ティエリー・ヴェット：軍事博物館専門家委員会委員

《技術的調査の協力者》
ハンス・ヨアキム・コッホ：ロランゲ社
ウヴェ・ハインツァー：ダイムラー社資料室
ディーター・シュミット：ロバート・ボッシュ社歴史広報部
ペーター・ピッチュマン：シュライスハイム飛行場航空機エンジン博物館
ウド・ハフナー：ハフナー航空機資料館
ロベール（ボブ）・カルダン

《技術援助と支援》
ソランジュ・ヴァンレル・マシューズ、ローラン・ロイッゾ、カレンヌ・セルヴィス、ブライアン・サイヴォクト、クリスティアン・ヴィーニュ、ジャン・ピエール・アンペール、ルネ・ウージー、フランソワ・バスティード、ジャン・ルイ・ロバン、エレーヌ・デスバル

《ダイバー》
ロディー・ドゥロンム、フレデリック・バスマユッス、ジャン・ジラスコ、ジンドラ・ベーム、マルクス・ティエール、セバスチャン・ヘネッケ、ヴィルケ・ラインツ、シルヴァン・スコッシア

《さらに以下の方々に、特別の謝意を表したい》

アンヌ・ドゥロンム、フランソワ・グロスジャン、ジャン・ベルナール・プイヤール、ジョスリン・コレリー・ド・ボレリー、シルヴィー・グイラン

《諸団体》
アエロ・ルリック社
CIPマルセーユ
バイエルン海底考古学協会
シュライスハイム飛行場航空機エンジン博物館
シュコダ・ホールディング
GRIDテック・ダイバーズ

《図版作画》
ヘルムート・(ヘリ)・シュミット
パトリス・ゴベール

《調査のビデオ記録撮影》
ロベール・クロイツ

そして、リノとフィリップ、彼らとともにまだ調査は続く。

★協力者一覧★

# 訳者あとがき

本書はJacques PradelとLuc Vanrell著『ST-EXUPÉRY L'ULTIME SECRET Enquête sur une disparition (édition du ROCHER)』の全訳である。直訳すると、「サンテグジュペリ最後の謎　行方不明の真相」である。二〇〇八年三月にフランスで出版されて以来、大きな話題を呼んでいる。

フランスでの出版から間もない二〇〇八年の初夏に、訳者の友人であるフランス国立科学研究センター上席研究員で、社会学者のジャン・フランソワ・サブレ氏から本書の邦訳・出版について打診があった。強く興味をひかれたのは言うまでもないし、誰もが注目する歴史的作業に関われる幸運に、私は少なからず興奮した。

私とサンテグジュペリとの最初の出会いは、もちろん『星の王子さま』である。高校生の時、仏文科の学生だった姉が、教科書に使っていた絵本を見せてくれたのを思い出す。そして、二十三歳でフランスに行き、パリ大学付属の発音学院でジェラール・フィリップが朗読する『夜間飛行』の一節をテープで聴かされた。もう、四十年も昔の話だ。それから、九〇年代後半であったか、フランスの五〇フラン札に彼が登場した。この時初めて、彼の特徴ある風貌を知った。裏面には、旧式の複葉機も描かれていた。形状から察するに、アンリオＨＤ－14機のようだった。そして今回、このような形でサンテグジュペリに出会うことになるとは、まったく想像もしていなかった。版元のロシェ社から原書が届き、待ちかねていた私は飛びつくように読んだ。

本書が何よりも衝撃的なのは、「私が、サンテグジュペリの飛行機を撃墜した」と証言する元ドイツ空軍パイロットの存在を突き止めたことにある。消息を絶ってから六十有余年にして、サンテグジュペリの最後の瞬間がついに明らかになった。しかし、このドイツ軍パイロット、ホルスト・リッパートがパイロットになった動機や経歴から、皮肉な運命を感じられた読者も多いと思う。彼も若い頃から飛行機が大好きで、パイロットになりたくて軍隊に入った。サンテグジュペリのそれと実によく似ている。しかも、サンテグジュペリの作品を愛読していたという。共に大空に魅せられた作家とその愛読者を、戦争が敵同士に変えたのだ。

多くのページが、対ナチ戦争におけるサンテグジュペリの行動について割かれている。これによって、戦争が彼の生き方を強く方向づけたことがよく分かる。だが、歓びの空は、哀しみの空に変わってしまった。サンテグジュペリは、暗澹たる未来への絶望感の明暗を反転させて、『星の王子さま』の絵と言葉に結晶化したのだ、と思う。一九四四年七月三十日、偵察任務の出発前夜、コルシカ島の海岸で一人姿を消したという地元の少女の証言に、彼の苦悩が痛切に伝わってくる。『最後の謎』は、実は、まだ解き明かされていないのかもしれない。「戦争と人間」という、矛盾と不条理に満ちた、だからこそ本質的なテーマ、それは今も解決されてはいない。海底で眠り続けていた飛行機の残骸が、うっすらと目を開け、パイロットの魂がよみがえり、男たちをとらえたのだ。

著者のジャック・プラデルとリュック・ヴァンレルが、最後に「まだ調査は続く」と記している。この「調査」をここでは「追求」と訳そう。本書が、ある使命を帯びているとするならば、それは、彼らが事実としての「謎」を解明したさらにその先に、『星の王子さま』の持つ強い力の源はどこにあるのかを、普遍的な「謎」として私たちに問いかけることにあると思う。その意味で、本書を『星の王子さま』愛読者だけでなく、すべての方々に送りたい。

本国フランスでの出版から一年余りを経て、邦訳・出版が実現した。数々の注文に応えていただいたロシェ社のダニエル・シャルパンティエさん、お力添えをいただいた翻訳家の潮田敦子さん、ありがとう。また、出版を引き受けて下さった緑風出版の高須次郎氏、編集、校正、装丁を担当された高須ますみさん、斉藤あかねさんに心から感謝する。本書が多くの人たちに読まれることを祈りつつ、あとがきにかえたい。

神尾賢二

【サ行】

# 索引

[著者略歴]

## ジャック・プラデル (Jacques Pradel)

1941 年パリ生まれ。ジャーナリストでライター。現在、ラジオ局ヨーロップ1で裁判関係を扱う番組「カフェ・クリム」のパーソナリティーをつとめている。2005 年には、8人の女性の連続失踪事件を取り上げた著書で、事件解決に導いた。自身もダイバーでヨットマン。『ヨンヌ失踪事件—8人の犠牲者』(2005)、『我が秘密の道—サンドウィッチの島にパンの木はあるか』(2006) などの著書がある。

## リュック・ヴァンレル (Luc Vanrell)

1959 年マルセーユ生まれ。ダイバー、水中写真家、作家。1978 年に、海底・僻地探査と水中写真専門の会社インマドラス (IMMADRAS) を設立。ダイバーのアンリ・コスケールが発見 (1991 年) した先史時代の洞窟壁画の考古学調査に 1994 年からダイバーとして参加した。著書に『Cosquer-Redécouvert (コスケール洞窟再発見)』(スイユ社刊、2005 年) がある。

[訳者略歴]

## 神尾賢二 (かみお　けんじ)

1946 年大阪生まれ。早稲田大学政経学部中退。ジャーナリスト、翻訳家、映像作家。翻訳書に『ウォーター・ウォーズ』(ヴァンダナ・シヴァ著、緑風出版)、『気候パニック』(イヴ・ルノワール著、緑風出版)、『石油の隠された貌』(エリック・ローラン著、緑風出版)、『灰の中から－サダム・フセインのイラク』(アンドリュー・コバーン、パトリック・コバーン著、緑風出版)、『大統領チャベス』(クリスティーナ・マルカーノ、アルベルト・バレーラ・ティスカ著、緑風出版)。

著書に英語版鎌倉ガイド、『An English Guide to Kamakura's Temples & Shrines』(緑風出版) がある。

# 海に消えた星の王子さま

2009年6月5日　初版第1刷発行　　定価2000円+税

著　者　ジャック・プラデル／リュック・ヴァンレル
訳　者　神尾賢二
発行者　高須次郎
発行所　緑風出版 ©


〒113-0033　東京都文京区本郷2-17-5　ツイン壱岐坂
［電話］03-3812-9420　［FAX］03-3812-7262
［E-mail］info@ryokufu.com
［郵便振替］00100-9-30776
［URL］http://www.ryokufu.com/


装　幀　斎藤あかね
制　作　R 企 画　　印　刷　シナノ・巣鴨美術印刷
製　本　シナノ　　用　紙　大宝紙業　　E2000



Printed in Japan　ISBN978-4-8461-0907-3　C0036

◎緑風出版の本

■全国どの書店でもご購入いただけます。
■店頭にない場合は、なるべく書店を通じてご注文ください。
■表示価格には消費税が加算されます。

**戦争の家〔上〕**
ペンタゴン
ジェームズ・キャロル著／大沼安史訳

四六判上製
六七二頁
3400円

ペンタゴン＝「戦争の家」。このアメリカの戦争マシーンが、第二次世界大戦、原爆投下、核の支配、冷戦を通じて、いかにして合衆国の主権と権力を簒奪し、軍事的な好戦性を獲得し、世界の悲劇の「爆心」になっていったのか？

**大統領チャベス**
クリスティーナ・マルカーノ／アルベルト・バレーラ・ティスカ著　神尾賢二訳

四六判上製
五二〇頁
3000円

大統領の無期限再選制を成立させ、長期政権を目指すベネズエラ大統領ウーゴ・チャベス。彼は革命家なのか、ポピュリスト的独裁者なのか？　そして何を目指すのか？　関係者への膨大なインタビューと調査により実像を活写。

**ラムズフェルド**
イラク戦争の国防長官
アンドリュー・コバーン著／加地永都子監訳

四六判上製
三四四頁
2600円

ペンタゴンのトップとして二度にわたり君臨し、武力外交を展開したネオコンのリーダー、ラムズフェルド元米国防長官の実像を浮き彫りにし、大企業・財界の利益に左右される米国政治、ブッシュ政権の内幕を活写した力作。

**9・11事件は謀略か**
「21世紀の真珠湾攻撃」とブッシュ政権
デヴィッド・レイ・グリフィン著／きくちゆみ・戸田清訳

四六判上製
四三八頁
2800円

9・11事件をめぐるブッシュ政権の公式説明はあまりに矛盾に満ちている。航空機の飛行の謎など、さまざまな疑惑を検討し、ブッシュ政権の共犯性を示す証拠24項目を列挙し、真相解明のための徹底調査を求める全米話題の書！

## 灰の中から
### サダム・フセインのイラク

アンドリュー・コバーン／パトリック・コバーン著／神尾賢二訳

四六判上製　四八四頁　3000円

一九九〇年のクウェート侵攻、湾岸戦争以降の国連制裁下の一〇年間にわたるイラクの現代史。サダム・フセイン統治下のイラクで展開された戦乱と悲劇、アメリカのCIAなどの国際的策謀を克明に描くインサイド・レポート。

## イラク占領
### 戦争と抵抗

パトリック・コバーン著／大沼安史訳

四六判上製　三七六頁　2800円

イラクに米軍が侵攻して四年が経つ。しかし、イラクの現状は真に内戦状態にあり、人々は常に命の危険にさらされている。本書は、開戦前からイラクを見続けてきた国際的に著名なジャーナリストの現地レポートの集大成。

## 石油の隠された貌

エリック・ローラン著／神尾賢二訳

四六判上製　四五二頁　3000円

石油はこれまで絶えず世界の主要な紛争と戦争の原因であり、今後も多くの秘密と謎に包まれ続けるに違いない。本書は、世界の要人と石油の黒幕たちへの直接取材から、石油が動かす現代世界の戦慄すべき姿を明らかにする。

## 石油資源の支配と抗争
### オイルショックから湾岸戦争

宮嶋信夫著

四六判上製　二一三頁　1900円

石油を支配するものが世界を制する。現代史は文字通り石油資源をめぐる支配と抗争の歴史でもあった。本書は国際石油資本と中東産油国との抗争が激化した、オイルショックから湾岸戦争後の現局面までの歴史を総括する。

## フランサフリック
### アフリカを食いものにするフランス

フランソワ＝グザヴィエ・ヴェルシャヴ著／大野英士、高橋武智訳

四六判上製　五四四頁　3200円

数十万にのぼるルワンダ虐殺の影にフランスが……。植民地アフリカの「独立」以来、フランス歴代大統領が絡む巨大なアフリカ利権とスキャンダル。新植民地主義の事態を明らかにし、欧米を騒然とさせた問題の書、遂に邦訳。

## 反核シスター
ロザリー・バーテルの軌跡
メアリー＝ルイーズ・エンゲルス著
中川慶子訳

四六判上製
二二〇頁
1800円

修道女、ガン研究学者、反核平和運動家として、世界的に知られるロザリー・バーテルの半生。専門家の立場から、核の危険性を説いて回り、真摯に核の脅威に立ち向かう姿は、少数民族や第三世界の人々をも揺り動かしてきた。

## 気候パニック
イヴ・ルノワール著／神尾賢二訳

四六判上製
四二〇頁
3000円

最近の「異常気象」の原因とされる温室効果と地球温暖化の関係を詳細に分析。数々の問題点を科学的に検証。「極地移動性高気圧」などの要因から、異常気象を解説。フランスで出版時から賛否の議論を巻き起こした話題の書！

## ウォーター・ウォーズ
水の私有化、汚染そして利益をめぐって
ヴァンダナ・シヴァ著／神尾賢二訳

四六判上製
二四八頁
2200円

水の私有化や水道の民営化に象徴される水戦争は、人々から水という共有財産を奪い、農業の破壊や貧困の拡大を招き、地域・民族紛争と戦争を誘発し、地球環境を破壊する。本書は世界の水戦争を分析し、解決の方向を提起する。

## グローバルな正義を求めて
ユルゲン・トリッティン著／今本秀爾監訳、エコロ・ジャパン翻訳チーム訳

四六判上製
二六八頁
2300円

工業国は自ら資源節約型の経済をスタートさせるべきだ。前ドイツ環境大臣（独緑の党）が書き下ろしたエコロジーで公正な地球環境のためのヴィジョンと政策提言。グローバリゼーションを超える、もうひとつの世界は可能だ！

## ポストグローバル社会の可能性
ジョン・カバナ、ジェリー・マンダー編著／翻訳グループ「虹」訳

四六判上製
五六〇頁
3400円

経済のグローバル化がもたらす影響を、文化、社会、政治、環境というあらゆる面から分析し批判することを目的に創設された国際グローバル化フォーラム（IFG）による、反グローバル化論の集大成である。考えるための必読書！